Melanie Hinz

Unvermeidlich

1.

Ich habe Haare auf den Zehen. Es ist nicht genug, dass ich immer die breitesten Füße mit den dicksten Kartoffelzehen habe. Nein, auf diesen kleinen Knubbeln müssen auch noch drahtige Stoppeln wachsen. Eigentlich habe ich kein Problem mit überschüssigem Testosteron, aber ich bin wohl die einzige Frau auf dem Planeten, die Enthaarungswachs auf den Zehen verwendet - wie ein verfluchter Hobbit.

Mit einem unterdrückten Schrei ziehe ich den Wachsstreifen von meiner Haut. Prompt wickelt sich unser Kätzchen Bumblebee darin ein, weil sie mit einem halben Jahr immer noch nach allem schnappt, was sich bewegt.

„War das nötig, Bumy?", frage ich das wenig beeindruckte, schwarze Fellknäuel.

Jetzt rede ich schon mit dem Vierbeiner. Ich muss dringend unter Leute. Und damit meine ich nicht den täglichen Kaffeeausschank in meinem Job im Coffeeshop *Trudi´s*.

Mit einer Menge Geschrei (von der Katze) und einem zerkratzten Arm schaffe ich es schließlich, sie von dem Streifen zu lösen, ohne sie an dieser Körperstelle völlig haarlos zurückzulassen. Bumblebee liegt zu meinen Füßen am Badewannenrand und leckt ihre „Wunde", während ich die Kratzer auf meiner Haut desinfiziere.

Nur ein freier Abend im Monat, an dem meine 6-jährige Tochter Anna bei meinen Eltern schläft und ich mit meinen Freundinnen ausgehen kann, doch nach dieser Aktion habe ich eigentlich schon keine Lust mehr.

Ich will nicht jammern, nein, das will ich wirklich nicht.

Aber ich bin erschöpft. Im Augenblick geht alles drunter und drüber. Mein Literaturwissenschaftsstudium musste ich abbrechen. So gerne ich auch diese starke Frau sein möchte, ich bekomme es nicht hin. Alleinerziehend und mit einem Halbtagsjob, schaffe ich es einfach nicht, am Abend noch angemessen für die Uni zu lernen. Ich bewundere Mütter, die das sogar mit zwei oder drei Kindern stemmen, doch ich habe eingesehen, dass ich nicht diese Powerfrau bin. Zudem muss ich mir eingestehen, dass es mir nicht so sehr liegt, wie ich ursprünglich glaubte.

Anna ist völlig überdreht wegen ihrer bevorstehenden Einschulung und die Situation mit ihrem Vater verbessert das auch nicht gerade. In den letzten Wochen fechtet sie mit mir Machtkämpfe aus, die auf einer erschreckend reifen Ebene stattfinden.

Manchmal möchte ich mir einfach nur die Decke über den Kopf ziehen und für die nächsten Tage nicht mehr aufstehen, aber ich weiß auch, dass ein Abend mit Sandra und Nicole mir die Möglichkeit gibt, Dampf abzulassen. Und die Aussicht darauf, wenigstens morgen früh ausschlafen zu können, motiviert mich, doch noch unter die Dusche zu steigen, statt ins Bett, um mich für eine lange Nacht in der Mönchengladbacher Altstadt aufzubrezeln.

Sandra und Nicole warten bereits in einem der vielen Straßencafés auf dem Alten Markt. Anscheinend haben sie vorgearbeitet, denn der Kellner stellt ihnen mindestens den zweiten Longdrink vor die Nase. Und an genau dieser Nase kann man bei Sandra prima ablesen, wenn sie etwas gezwitschert hat, denn die verfärbt sich im Laufe des Abends zu einem kleinen Feuermelder.

Meine beiden Freundinnen könnten unterschiedlicher nicht sein. Nicole ist eine langbeinige, asiatische Schönheit, die ihr atemberaubendes Aussehen einer japanischen Mutter und einem skandinavischen Vater verdankt. Ihr köstlicher Sarkasmus wird von Außenstehenden oft als arrogant und herablassend empfunden, aber genau deswegen mag ich sie. Letztendlich ist sie einfach nur grundehrlich.

Sandra ist ein draller Meterfünfzig, wie mein großer Bruder Jakob sie gerne bezeichnet. Sie hat ein Herz aus Gold und mit Gregor einen Mann an ihrer Seite, der sie mehr liebt als sich selbst. Mit ihrer kupferroten Lockenmähne ist sie ein Hingucker, nur wird sie wegen ihrer geringen Körpergröße meist übersehen.

Zusammen mit Nicole amüsiere ich mich oft über ihr bürgerliches Leben mit diesem biederen Mann, doch Sandra lacht uns nur aus. Sie weiß genau, dass zumindest ich ein wenig neidisch auf dieses geregelte Leben bin.

„Daniela beehrt uns auch endlich mit ihrer Anwesenheit“, begrüßt mich Nicole und steht von ihrem Stuhl auf, um mich auf beide Wangen zu küssen.

„Diese verfluchte Katze musste natürlich noch auf den Wohnzimmerteppich kotzen, als ich praktisch schon aus der Tür raus war. Ich frage mich jedes Mal aufs Neue, wie Anna mich dazu überreden konnte. Als hätte ich nicht genug Stress.“

Ich umarme Sandra und lasse mich auf einen Stuhl neben sie fallen.

„Ich werde dir sagen, warum. Weil du deine Tochter liebst und ihr kaum etwas abschlagen kannst, wenn sie mit den Wimpern klimpert.“

Das kommt von Nicole, die selbst eine schmerzhafte

Erfahrung mit dem überwältigenden Charme meines Kindes machen durfte. Schmerzhaft, vorrangig für ihre Kreditkarte. Es ist nicht meine Schuld, dass sie unbedingt alleine mit ihr in den Spielzeugladen wollte.

„Ich hab ihr versprochen, sie bekommt eine Katze, wenn sie das Seepferdchen macht. Also hat sie das Seepferdchen gemacht." Sie ist eindeutig meine Tochter. Mit einer entsprechenden Belohnung konnten meine Eltern mich zu fast allem überreden.

„Wie geht es dir?", fragt mich Sandra und legt mir eine Hand auf den Arm. Obwohl sie noch keine Kinder hat, ist sie die Mütterlichste von uns. Bei ihr habe ich mich letzte Woche ausgeheult, als ich den Entschluss fassen musste, mein Studium abzubrechen.

„Damit abgefunden habe ich mich nicht. Aber irgendwie wird es weitergehen. Jetzt bin ich erst mal auf der Suche nach einem Vollzeitjob oder einem zusätzlichen Teilzeitjob zu meiner Stelle im *Trudi's*."

„Kann Kati nicht deine Stunden aufstocken?", fragt Nicole. Sie denkt immer pragmatisch und packt Probleme direkt an, ohne lange darüber zu diskutieren.

„Ich muss noch mit ihr reden. Sie war bis gestern Abend mit Jakob und Paul im Urlaub, da wollte ich sie nicht belästigen."

Die Lebensgefährtin meines Bruders ist gleichzeitig meine Arbeitgeberin und inzwischen auch eine Freundin für mich. Außerdem ist sie die Lebensgefährtin von Paul. Ja, richtig. Die drei führen eine Beziehung zu dritt und das beinhaltet meines Wissens nach auch, dass die Männer miteinander Sex haben. Da Jakob daran beteiligt ist, verzichte ich allerdings gerne auf die schmutzigen Details.

Ich will gerade den Kellner heranwinken, doch Nicole drückt meinen Arm wieder runter.

„Wir gehen direkt zu dem neuen Club auf dem Kapuzinerplatz. Was du jetzt brauchst, sind ein paar nette Jungs und anständige Cocktails.“ Angeekelt schiebt sie ihren halb getrunkenen Longdrink beiseite.

„Jungs habe ich über. Ich brauche einen langen und harten Fick von einem kräftigen Kerl. Und einen anständigen Whisky.“

Dass Sandra in dem Moment ihren Wodka-Lemon durch die Nase rausprustet ist vermutlich meine Schuld. Dass der Kellner hinter mir ein Tablett mit leeren Gläsern fallen lässt, möchte ich lieber nicht auf meine Kappe nehmen.

Der Club ist vollgepackt mit verschwitzten Menschen, die sich, mehr als in der Öffentlichkeit angebracht, aneinander reiben. Da Nicole den Besitzer kennt, bekommen wir dennoch eine ruhige Sitzecke in der Nähe der Bar. Jetzt bin ich doch froh, dass ich auf den Abend mit meinen Mädels nicht verzichtet habe, nur weil ich gestresst war.

„Also, Liebchen“, sage ich zu Nicole und lege meine nackten Beine auf ihre jeansbedeckten Oberschenkel. „Was machen die Männer? Oder Frauen?“

Sandra rollt mit den Augen, weil Nicole ihre Hand unter mein Kleid schiebt und kurz vor meiner Pussy ablegt.

„Alle nutzlos. Und du willst mich ja nicht mehr“, sagt sie und macht Anstalten, meinen Hals zu küssen. Kichernd befreie ich mich aus ihrem Griff und setze mich gerade hin. Vor ein paar Jahren sind wir mal betrunken im Bett gelandet, aber die Zeiten sind lange vorbei.

„Ihr zwei …“, seufzt Sandra kopfschüttelnd und trinkt in

einem Zug ihren halben White Russian aus. Wenn sie so weitermacht, hat Gregor eine interessante Nacht vor sich. Die Grenze zwischen „ich bin geil“ und „mir ist schlecht“ kann erfahrungsgemäß sehr schnell verschwimmen.

„Du hast gut reden. Mit deinem perfekten Ehemann hast du bei uns chronisch untervögelten Weibern überhaupt nichts zu meckern“, sage ich und zwinkere ihr zu. Ihre Nase erreicht gerade den Status Feuermelder.

„Liegt an euch“, sagt sie. „An Verehrern und Verehrerinnen mangelt es jedenfalls nicht.“

„Stimmt schon“, sagt Nicole. „Deswegen will ich aber längst nicht alles haben, was sich anbietet. Du möchtest dir gar nicht vorstellen, was an Singles übrig bleibt, wenn man hart auf die 30 zugeht.“ Nicole ist die Älteste von uns dreien und lässt uns das auch bei jeder Gelegenheit wissen.

„Ich habe zwar noch 5 Jahre bis dahin, doch in meinem Fall ergreifen die halbwegs brauchbaren Kerle die Flucht, sobald sie von Anna erfahren. Von Frauen bin ich inzwischen ab.“ Den Mann, den ich wirklich will, kann ich ohnehin nicht haben.

Nicole zieht eine gespielt beleidigte Schnute.

„Ach, Süße“, sage ich und gebe ihr einen Wangenkuss. „So reizvoll ein Frauenkörper sein mag, beziehungstechnisch funktioniert das für mich überhaupt nicht. Es reicht, wenn ein Part in der Konstellation einen achterbahnfahrenden Hormonspiegel hat. Mein eigenes PMS ist genug, das muss ich nicht zusätzlich von außen betrachten.“

„Du weißt nicht, was du verpasst.“

Mit unserem Gerede ziehen wir die Aufmerksamkeit einer Gruppe Kerle auf uns. Männer haben ja die Tendenz, nicht zuzuhören, wenn man ihnen etwas sagt. Aber lass nur die

Andeutung von Lesbensex verlauten und du kannst dir sicher sein, dass sie das auch noch aus der lauten Musik eines Clubs rausfiltern.

Nicoles eiskalte Blicke führen jedoch dazu, dass sie sofort den Schwanz einziehen und sich nicht trauen, uns anzusprechen. Sie ist keine männerhassende Emanze und steht nicht ausschließlich auf Frauen, aber falls sie sich mit Männern einlässt, dann nur mit ausgewählten - und erst recht nicht mit solchen Bubis.

Dass sie mit Ende 20 bereits eine führende Position im Einkauf eines Modekonzerns hat und damit wesentlich mehr verdient als der durchschnittliche deutsche Mann, erschwert die Partnersuche wohl zusätzlich. Laut ihrer Aussage führt diese Tatsache entweder zu Erektionsproblemen oder dem Anspruch, sich aushalten lassen zu können.

„Außerdem sind die meisten Kerle auf verstörende Weise auf Analsex fixiert“, fügt sie hinzu. Sandra rollt nur noch mit den Augen.

„Da kann ich nicht mitreden.“ Ich hatte seit zwei Jahren keinen Sex mehr.

„Mal ehrlich“, sagt sie und zupft an meinem Ärmel. Jetzt redet sie sich in Rage. „So nett ein anständiger Schwanz von Zeit zu Zeit ist, habe ich keine Lust, sie ständig von meinem Hintern fernzuhalten. Die Kerle machen ein riesiges Theater, mit Gesichtsausdrücken zwischen Übelkeit und Ohnmacht, wenn es um Sex während der Menstruation geht. Nur wegen einem bisschen Blut. Aber dir das Ding in den Hintern rammen, das tun sie, ohne Zögern, und wenn man sie lassen würde, auch ohne jede Vorbereitung.“

„Gregor macht das nichts. Also das Blut, meine ich“, wirft Sandra grinsend ein und nuckelt weiter an ihrem Cocktail. Ich glaube, sie hatte genug für heute.

„Okay, Mädels. Das waren selbst für mich etwas zu viele Feuchtgebiete für einen Abend. Ich suche mir jetzt ein Taxi."

„Brauchst du nicht", sagt Sandra und schiebt ihr leeres Glas von sich. „Mein Liebster sammelt mich ein, wenn ich ihn anrufe. Mir reicht's auch. Wir können dich zu Hause rauslassen. Was ist mit dir, Nicole? Sollen wir dich auch nach Hause bringen?"

Die Antwort kenne ich. Ihre Blicke wandern bereits seit einer halben Stunde immer wieder über meine Schulter und beobachten das Treiben an der Bar.

„Nee. Ich werde mir die Barkeeperin mal aus der Nähe ansehen und abchecken, wann sie Feierabend hat."

Sage ich doch.

Alexander vor meiner Haustür zu finden, als ich bei Gregor und Sandra aus dem Auto steige, alarmiert mich. Er ist der ältere Bruder von Steffen, dem Vater von Anna. Zwar sehe ich ihn regelmäßig, doch wenn er um diese Uhrzeit hier aufschlägt, dann stimmt etwas nicht. Noch hat er mich nicht entdeckt, weil er eifrig auf seinem Handy herumtippt. Als er sich den Hörer ans Ohr hält, klingelt es gleichzeitig in meiner Handtasche und unsere Blicke treffen sich. Grinsend lässt er den Arm wieder sinken und beendet das Gespräch. Bevor er auf mich zukommt, schiebt er das Telefon in seine Gesäßtasche.

„Ela", sagt er mit heiserer Stimme und schließt mich kurz in seine Arme.

„Warum bist du hier? Ist was passiert?" Besorgt sehe ich zu ihm auf und halte dabei seine Hände fest.

„Nichts Dramatisches. Mach dir keine Sorgen. Eigentlich

wollte ich nur wissen, ob du von Steffen gehört hast?"

Die Frage kann nur bedeuten, dass er wieder etwas angestellt hat.

„Was hat er gemacht?" Es wäre schön, mal für 5 Minuten gute Laune haben zu dürfen und nicht an diesen nutzlosen Scheißkerl zu denken.

„Ach, Kleine." Liebevoll streichelt er mir über die Wange und lächelt mich aufmunternd an. Es tut mir leid für ihn, dass er immer inmitten dieses Dramas hängt. Sein Bruder ist 29 Jahre alt und Alex sollte sich nicht mehr für den Bockmist verantwortlich fühlen, den er auf regelmäßiger Basis veranstaltet.

„Sag schon!" Müde lehne ich mich in seine Berührung.

„Es ist nicht so schlimm, aber ich habe einfach die Nase voll. Ich war von Freitag auf Samstag bei einem Studienkollegen in Berlin. Steffen hatte noch einen Wohnungsschlüssel von mir."

Alex ist nicht besser als ich. Auch er lässt sich immer wieder erfolgreich von ihm manipulieren.

„Und jetzt? Reicht aufräumen und putzen oder brauchst du neue Möbel?"

„Er hat den Schlüssel von innen stecken lassen und ich dachte zuerst, er wäre noch drinnen. Als niemand aufgemacht hat, habe ich dann überlegt, ob der Schlüsseldienst ausreicht oder ob ich die Polizei rufen muss. Aber ich kenne ja meinen Bruder, also habe ich erst mal nur die Tür öffnen lassen. Die Wohnung ist ziemlich verwüstet, doch er war nicht da. Offenbar hat er eine Party veranstaltet, wie mir auch meine Nachbarin bestätigt hat."

„Wie schlimm ist es?"

„Schlimm genug, dass ich heute nicht mehr mit den

Aufräumarbeiten anfange."

„Dann komm auf einen Tee mit rein", sage ich und suche in der Handtasche nach meinem Schlüsselbund.

„Ich will dich nicht aufhalten, Ela."

„Tust du nicht. Ich bin sowieso zu aufgedreht, um einzuschlafen und morgen muss ich ausnahmsweise nicht früh raus."

Interessiert betrachtet Alex die Fotos und selbstgemalten Bilder von Anna, die die gesamte Kühlschrankfront bedecken. Ich nehme einen pinken Haargummi von der Fensterbank, den meine Tochter dort liegengelassen hat, und nutze ihn, um meine blonde Mähne zu einem nachlässigen Zopf zusammenzufassen. Obwohl es mir gefällt, wie ich mit offenen Haaren aussehe, mag ich doch das Gefühl nicht, wenn sie mir ständig ins Gesicht fallen.

„Ist sie heute bei deinen Eltern?", fragt er.

„Natürlich. Wo soll sie sonst sein?" Die rhetorische Frage klingt unfreundlich, aber er versteht sie schon richtig.

„Wann hat Steffen sie zum letzten Mal gesehen?"

„Vor … lass mich überlegen … es dürfte 3 Monate her sein."

Alex ist nicht überrascht.

„Ich vermisse die kleine Maus", sagt er leise.

„Du bist hier jederzeit willkommen. Das weißt du. Anna liebt ihren Onkel Alex und freut sich jedes Mal wahnsinnig, dich zu sehen." Außerdem ist es gerade mal eine Woche her, dass die beiden sich gesehen haben.

„Sag nicht immer Onkel, wenn selbst Anna das nicht sagt." Neckend kneift er mir in die Hüfte. „Das macht mich noch älter, als ich ohnehin schon bin."

„Aber du bist ihr Onkel. Was soll ich denn sonst sagen?"

„Alex, nur Alex, Ela." Er ist der einzige, der mich Ela nennt. Oder Kleine. Doch der Kosename widerstrebt mir in der letzten Zeit immer mehr.

„Würde es helfen, wenn ich heißer Onkel Alex sage? Natürlich nur in Annas Abwesenheit." Mit einem Zwinkern drücke ich ihm eine dampfende Tasse grünen Tee in die Hand und gehe an ihm vorbei auf meinen Minibalkon, der gleich an die Küche grenzt.

„Nur wenn du es auch meinst." Er lässt sich neben mir auf einen der beiden Klappstühle fallen und legt die Füße auf die Balkonbrüstung. Das Leuchten der Solarlaternen spendet noch genug Licht, um ihn sehen zu können.

Mit einem verlegenen Kichern hoffe ich, das Thema zu beenden. Dabei kichere ich generell nicht. Weil ich kein kleines Mädchen bin. Doch in seiner Gegenwart werde ich immer öfter unsicher.

Alex ist ein attraktiver Mann. Mit Mitte 30 ist er besser in Form als die meisten Mittzwanziger. Seine hellbraunen Haare sind gerade genug verwuschelt, um nicht gewollt zu wirken. Als Tierarzt ist er es gewohnt mit seinen Händen zu arbeiten und hat keine Scheu, sich schmutzig zu machen. Außerdem hat er die klarsten, blauen Augen, die ich je gesehen habe, und ein Lächeln, dass jeder Frau das Höschen auszieht.

Alex ist normal, im Gegensatz zu Steffen. Er führt ein geregeltes Leben, ist zuverlässig und hat gewisse Grundwerte, die sich in einem hohen Familiensinn widerspiegeln. Auch wenn er außer seinem Bruder keine Familie mehr hat. Bereits als Teenager habe ich für ihn geschwärmt, doch das war unschuldig und hatte überwiegend mit Bewunderung zu tun.

Mit Steffen war ich seit meinem 15. Lebensjahr zusammen.

Kurz vor dem Abi bin ich mit Anna schwanger geworden. Obwohl wir uns beide für das Baby entschieden haben, hat es letztendlich unsere Beziehung zerstört und war für Steffen nur eine gute Ausrede, weiter abzudriften.

Alex war immer da. Er hat mich nie im Stich gelassen. Wo er konnte, hat er mich mit Anna unterstützt und das macht er heute immer noch. Er ist mehr Vaterfigur für meine Tochter, als Steffen es jemals sein wird. Der hat nur sehr sporadisch das Verlangen, sein Kind zu sehen, um sich dann mit seinen tollen Vaterqualitäten zu brüsten. Der einzige Grund, warum ich ihm in diesen Momenten nicht ins Gesicht spucke, ist Anna. Er ist ihr Vater und es ist meine Pflicht, mich halbwegs sozial zu verhalten, auch wenn er nur an sich denkt.

„Hast du wenigstens ein paar saubere Laken, in denen du heute Nacht schlafen kannst?", frage ich über den Rand meiner Teetasse.

„Müsste ich nachschauen. Ich will mir gar nicht vorstellen, was da in meinem Schlafzimmer abgegangen ist." Mit zerknirschtem Blick schaut er zu mir. „Sorry, Ela."

„Schon okay", winke ich ab. „Das tut mir längst nicht mehr weh." Ich wünschte, Steffen würde eine Frau finden, die ihn komplett von Anna ablenkt. Es darf so nicht sein und jeder Vater sollte nach einer Trennung weiter seine Kinder sehen, aber in unserem Fall bin ich mir nicht sicher, ob ein klarer Schnitt für Anna nicht besser wäre.

„Bleib heute Nacht hier, Alex. Meine Couch ist nicht so ungemütlich, wie sie aussieht. Dann können wir morgen früh zusammen deine Wohnung aufräumen und anschließend kommst du mit zum Sonntagsessen bei meinen Eltern."

„Gerne, Kleine. Auch wenn du mir nicht helfen musst." Dass er mir einen Arm um die Schultern legt und mich an sich zieht, sollte mich kalt lassen. Das sollte es wirklich. Doch meine Hormone sind da offenbar anderer Meinung. Ich will meine Schenkel zusammenpressen, weil ich ihn in diesem Moment wirklich überall spüre, aber ich muss das um jeden Preis unterdrücken.

Alex ist tabu. Auf vielen Ebenen. Er ist zwölf Jahre älter als ich, der Bruder meines Ex-Freundes und damit der Onkel meiner Tochter. Er ist vollkommen tabu, auch wenn ich gerne meinen Kopf zur Seite drehen und ihn küssen würde.

Glücklicherweise schleicht in dem Moment Bumblebee um meine Beine und wandert dann zu Alex, um an seiner Jeans hochzuklettern.

„Hey, Kitten“, flirtet er mit dem Kätzchen und setzt seine Tasse auf dem kleinen Beistelltisch ab, um sie mit geübtem Griff hochzunehmen.

„Sie hat ja schon ordentlich zugelegt“, stellt er fest und platziert sie nach einer kurzen Streicheleinheit wieder auf dem Boden.

„Kein Wunder. Sie frisst uns fast die Haare vom Kopf. Inzwischen muss ich sogar den Brotkasten wegsperren, weil sie ihn selbst öffnet. Es war sehr lustig, als ich letzte Woche von der Arbeit kam und dachte, es hätte in Küche und Wohnzimmer geschneit. Dabei handelte es sich nur um ein gründlich zerfetztes Weißbrot.“

Alex lacht leise. „Sie wird ruhiger, wenn sie kastriert ist.“

„Das hoffe ich.“

„Wie geht es dir, Ela?“ Er legt mir eine Hand auf den Unterarm und ich bin kurz davor, mich ihm zu entziehen, weil diese Berührungen einfach zu viel sind. Ich habe die Befürchtung, er kann spüren, dass ich schon lange mehr für ihn fühle.

„Müde", antworte ich knapp.

„Das ist es nicht, was ich wissen wollte."

Und ich darf ihm nicht sagen, wie es mir wirklich geht.

„Ich bin okay. Irgendwie geht es immer weiter." Grundsätzlich bin ich ein lebenslustiger Mensch und ich kann vieles für mich selbst weglachen und nicht ernst nehmen, doch in den letzten Monaten wird mir schmerzhaft bewusst, dass ich am Ende des Tages, wenn Anna im Bett ist, völlig alleine bin.

Nickend nimmt er meine Antwort zur Kenntnis, obwohl es offensichtlich ist, dass er gerne mehr von mir gehört hätte.

„Ich hole dir noch Decke und Kissen aus dem Schlafzimmer und lege mich anschließend auch hin. Gute Nacht, Alex." Im Vorbeigehen küsse ich ihn auf die Wange. Nur für einen Moment hält er mein Handgelenk fest und ich denke, dass er mir etwas sagen möchte, doch dann lässt er mich einfach gehen.

„Gute Nacht, Kleine."

So sehr ich diesen Kosenamen inzwischen verabscheue, vielleicht ist er sicherer und schafft die nötige Distanz. Schließlich sieht er in mir noch das kleine Mädchen.

2.

Meine Mutter freut sich immer, Alexander zu sehen. Deswegen darf ich ihn auch problemlos ohne Voranmeldung mitbringen. Im Gegensatz zu seinem Bruder ist er ein gern gesehener Gast bei meiner Familie.

„Maamaa!!!!" Mit Anlauf hüpft Anna von der Schaukel im Garten meiner Eltern und rennt auf mich zu. Ich kann mich gerade noch auf den Füßen halten, als sie mir in die Arme springt.

„Hey, Maus. Geht's dir gut?"

„Opa macht gleich den Grill an und Jakob hat versprochen, dass er mir das Planschbecken aufbaut", schnattert sie los, ohne mir zu antworten.

„Das klingt doch nach einem Plan. Hast du gut geschlafen?"

„Alex", brüllt sie in mein Ohr, als sie ihn über meine Schulter erspäht und ignoriert wiederholt meine Frage, um sich aus meiner Umarmung zu befreien und auf seinen Arm zu springen.

„Hey, kleine Anna. Wie fühlen wir uns heute?"

„Ganz super. Ich muss dir ein Geheimnis verraten", sagt sie verschwörerisch und flüstert ihm aufgeregt etwas ins Ohr. Er lächelt mich an, während er den Worten meiner Tochter lauscht.

Da ich bei meinem Kind abgeschrieben bin, begrüße ich meinen Vater, bevor ich zu Jakob gehe, der mit Kati und Paul auf einer Bank im hinteren Teil des Gartens sitzt. Jakob steht sofort auf, als er mich kommen sieht und schließt mich in eine herzliche Umarmung. Auch Paul lässt es sich nicht nehmen, mich an sich zu drücken. Kati begrüße ich mit einem Wangenkuss. Ich weiß, dass meine Eltern, und besonders mein Vater, an der Beziehung der drei lange zu schlucken hatten, aber inzwischen merkt jeder, dass sie einfach zusammen gehören.

Mein großer Bruder bleibt neben mir stehen und legt mir einen Arm um die Schultern, während Paul sich an Katis Seite setzt und ihre Hand nimmt.

„Du siehst müde aus“, sagt Paul.

Jakob schaut mich besorgt von der Seite an. „Alles in Ordnung, kleine Schwester?“

„Alles gut. Ich war gestern ein bisschen mit Sandra und Nicole feiern.“

„Und warum ist Alexander mitgekommen?“ Jakob ist der Einzige, der ihm immer noch mit einer gewissen Skepsis gegenübersteht. Er ist zwar freundlich, aber spürbar distanziert. Für ihn ist es schwer, Alex nicht mit Steffen in einen Topf zu schmeißen.

„Weil ich ihm bei etwas geholfen habe. Außerdem wollte er Anna sehen.“

„Wobei?“

„Wird das jetzt ein Verhör?“, frage ich ungehalten und löse mich aus seinem Griff.

„Dani“, seufzt er. „Ich mache mir nur Sorgen. Hatte es wieder mit Annas nutzlosem Erzeuger zu tun?“

Es tut mir weh, wenn er so spricht, wobei es wahr ist.

„Sag’s nicht Mama und Papa. Sie regen sich nur unnötig auf. Steffen hat seine gesamte Wohnung verwüstet, während er über Nacht weg war. Ich habe ihn bei der Chaosbeseitigung unterstützt.“

„Das sollte wirklich nicht dein Problem sein."

Paul und Kati hören uns zu, mischen sich aber nicht ein.

„Das weiß ich, Jakob. Das hat Alex auch gesagt. Nichtsdestotrotz ist er ein Freund und ich wollte ihm nur helfen."

„Lass dich da nicht wieder reinziehen."

Für Außenstehende sagt sich das leicht, doch wie soll man sich je vollständig von dem Vater seines eigenen Kindes lösen? Und Alex wird immer mit Steffen verbunden sein.

„Hab ich das richtig gesehen, dass du Dienstag mit Anna zum Impfen kommst?", fragt Paul und unterbricht damit unser Gespräch. Sein diskretes Zwinkern in meine Richtung macht deutlich, dass er nur einen aufkeimenden Geschwisterstreit unterbrechen möchte.

„Ja, das stimmt. Aber sie weiß noch nichts von ihrem Glück."

„Wir kriegen das hin. Bis jetzt mag sie mich, obwohl sie schon mehrere Spritzen von mir bekommen hat." Paul führt gemeinsam mit meinem Bruder eine Kinderarztpraxis.

„Du bist schließlich der beste Piekser", sage ich grinsend.

Kati lächelt mir zu. Sie hat sich sehr verändert, seit sie Jakob und Paul hat. Ich stelle mir diese Dreiergeschichte kompliziert vor, doch für sie scheint es zu funktionieren. Ihr ist es wahrscheinlich nicht bewusst und ich meine das nicht so böse, wie es vielleicht klingt, aber als ich sie kennengelernt habe, hat sie doch einen kleinen Funken Bitterkeit mit sich rumgetragen. Das ist heute überhaupt nicht mehr der Fall. Sie ist offener und herzlicher geworden.

„Hast du Zeit, nach dem Impftermin noch mal kurz ins *Trudi´s* reinzuschauen?", fragt sie. „Ich würde gerne ein paar Sachen mit dir besprechen." Eigentlich habe ich eine Woche

Urlaub, also scheint es etwas Wichtiges zu sein, wofür sie mich in den Laden bestellt.

„Natürlich. Kein Problem.“ Ich versuche mich an einem Lächeln, obwohl ich befürchte, dass sie mir die Kündigung aussprechen wird. Bei meinem derzeitigen Glück wäre ich nicht besonders überrascht. Mein Aushilfsjob in ihrem Coffeeshop war von Anfang an nicht als Dauerlösung ausgelegt.

„Wo ist Ben?“, frage ich. Da ihre Eltern beide verstorben sind, zieht sie ihren inzwischen schon gar nicht mehr kleinen Bruder Ben alleine auf.

„Der ist im Freibad. Bei dem Wetter gibt es nur wenig, was ihn bei uns halten kann. Außerdem werden die Mädchen immer interessanter. Mädchen im Bikini natürlich umso mehr.“

„Er wird bald 15, oder?“

„Ja, leider. Die Zeit vergeht so schnell.“

Aus dem Augenwinkel bemerke ich, wie sie beiläufig über ihren Unterbauch streicht. Es könnte Zufall sein, doch die Tatsache, dass sie neuerdings überhaupt keinen Kaffee mehr trinkt, lässt einen vagen Verdacht in mir aufkeimen.

Nach dem Essen lassen sich die Männer von Anna beim Ballspiel durch den Garten jagen. Sie liebt diese Momente, in denen sie alle Aufmerksamkeit hat. Besonders wenn es nicht die von überbehütenden Frauen ist. Ich weiß schon längst, dass ihr ein Gegenpart zu mir im täglichen Leben fehlt, aber das ist einfach eines der Dinge, die ich nicht erzwingen kann und will. Denn letztendlich würde ich ihr damit schaden, wenn der Mann an meiner Seite nur ein Kompromiss ist.

Kati ist mit meiner Mutter in der Küche und mein Vater

wickelt den Gartenschlauch ab, um wie versprochen für Anna das Planschbecken zu befüllen. Also sitze ich alleine im Schatten und versuche, mich auf ein Buch auf meinem E-Reader zu konzentrieren. Der Anblick vor mir macht es nicht gerade leicht. Ich bin glücklich, wenn meine Tochter es ist, aber es verdeutlicht, wie viel ich ihr nicht bieten kann. Nicht unbedingt auf finanzieller Ebene, da sind wir dank des Erbes meiner Großeltern noch ganz gut abgesichert. Doch dieses normale Familienleben, mit beiden Elternteilen, das fehlt ihr. Ich sehe ihre Blicke, wenn bei Veranstaltungen im Kindergarten ihre Freundinnen von Mama und Papa begleitet werden und sie hat deswegen auch schon oft genug geweint. Sie liebt ihren Vater, obwohl sie ihn selten sieht und er diese Liebe überhaupt nicht verdient hat.

„Sie ist groß geworden." Von mir unbemerkt hat Kati sich nach draußen geschlichen und macht sich jetzt auf einer Gartenliege neben mir lang.

„Das ist sie. Ich komme da kaum hinterher. Und ich bin mir ziemlich sicher, dass ich an ihrem ersten Schultag besser eine Wagenladung an Taschentüchern mit mir rumschleppen sollte." Beim Tornisterkauf musste ich mich schon zusammenreißen, um nicht in Tränen auszubrechen.

Es ist spannend, Paul und Jakob zu beobachten. Früher waren sie nur beste Freunde, aber das hat sich im Laufe dieser Dreierbeziehung stark gewandelt. Sie kämpfen immer noch damit, wie sie sich in der Öffentlichkeit verhalten sollen, auch wenn es nur die Familie ist. Ich wünsche meinem Bruder, dass er einfach Pauls Hand nehmen kann, ohne das Gefühl, über seine Schulter nach unerwünschten Zuschauern suchen zu müssen. Aber in einer Zeit, in der die Gesellschaft um Akzeptanz von Homosexualität kämpft, darf man kaum auf die Anerkennung einer so unkonventionellen Beziehung hoffen.

Anna hat offenbar keine Lust mehr aufs Spielen und rennt zu ihrem Opa, um ihm bei der Planschbeckenbefüllung zu helfen, also lässt Alex den Ball fallen und kommt auf uns zu. Kati tauscht mit ihm die Plätze, um zu ihren Männern zu gehen.

„Du gefällst mir nicht, Kleine“, sagt er.

Ich mir auch nicht.

„Es ist alles in Ordnung“, sage ich halbherzig und beobachte, wie Paul Kati in seine Arme schließt. Eine Geste, die Jakob zum Strahlen bringt. Sofort tritt er hinter sie und legt sein Kinn auf ihre Schulter, um der intimen Unterhaltung beizuwohnen.

„Es tut mir leid“, sagt Alex leise.

„Was tut dir leid?“

„So vieles, Ela. Dass mein Bruder ein Schwein ist. Dass Anna nicht den Vater hat, den sie verdient. Dass ich dich da schon wieder reingezogen habe, obwohl ich es nicht ertrage, dich unglücklich zu sehen. Dass du dich allein fühlst.“

„Wie kommst du darauf?“

Alex lehnt sich zu mir und nimmt mein Kinn in die Hand, damit ich ihn anschaue. Ich will ihn berühren, doch je mehr ich das zulasse, desto schwieriger wird es, meine wahren Gefühle zu verbergen.

„Weil das da hinten“, er zeigt auf meinen Bruder und Anhang, „das ist ein Leben, was du dir für Anna und dich wünschst. Nicht unbedingt eine Beziehung zu dritt, aber diese Innigkeit und das Vertrauen. Jemanden zum Anlehnen. Du fühlst dich alleine und das tut mir unglaublich leid. Ich würde es ändern, wenn ich könnte.“

Das wünschte ich auch.

„Mama, Mama, Mama!!“ Mit Anlauf springt Anna auf meinem Schoß. Sie jagt mir damit einen riesigen Schrecken ein, weil ich überhaupt nicht bemerkt habe, dass sie auf mich zugelaufen ist. So sehr war ich auf Alex fixiert. Der lässt mich mit dem gleichen Schock in den Augen wieder los.

„Was ist denn los?“, frage ich und streiche ihr eine blonde Strähne hinters Ohr, obwohl sie das überhaupt nicht mag.

„Opa hat gesagt, ich kann heute noch mal hier schlafen, wenn ich möchte. Aber ich soll dich fragen, ob ich dafür morgen den Kindergarten ausfallen lassen darf.“

Eigentlich bin ich da recht streng, doch in wenigen Tagen fangen die Sommerferien an und anschließend kommt sie in die Schule. Dann gibt es keine Ausnahmen mehr und sie muss wirklich jeden Morgen raus.

„Was sagt die Oma dazu?“

„Weiß nicht. Die sagt immer, dass sie mich gerne hier hat.“

Na denn. Zwei freie Abende hintereinander, da will ich mich nicht beschweren.

Manchmal, wenn wir allein sind, nimmt er meine Hand. Auch jetzt, während er mich vom Auto zu meiner Haustür begleitet. Ich weiß nicht, warum er das tut, aber ich werde es ganz sicher nicht hinterfragen. Außerdem muss ich ihn in wenigen Sekunden schon wieder loslassen.

„Ela?“, fragt er leise neben mir, als ich meinen Schlüssel aus der Handtasche nehme und die Tür aufschließe.

„Ja, du darfst mit hochkommen“, sage ich und grinse in seine Richtung. Er verzieht keine Miene.

„Alles okay?“, frage ich besorgt.

„Natürlich. Ich hab nur wenig Lust, nach Hause zu fahren.

Da wartet eh niemand auf mich.“

„Ich hab bis heute nicht verstanden, warum du bei deinem Beruf kein Haustier hast.“ Auch begreife ich nicht, warum er keine Kinder oder wenigstens eine ernsthafte Beziehung hat, doch das mag ich ihn nicht fragen. Obwohl wir eine recht enge Freundschaft pflegen, scheint diese Frage zu intim. Ich bin mir nicht sicher, ob ich darauf überhaupt eine Antwort haben möchte.

Ich halte ihm die Tür auf, damit er an mir vorbeigehen kann.

„Weiß ich auch nicht so genau. Wenn, dann hätte ich gerne einen Hund, aber in meiner kleinen Wohnung ist das nicht ideal, wobei ich ihn tagsüber mit zur Arbeit nehmen könnte. Außerdem ist ein Hund kein Ersatz für die Gesellschaft einer hübschen Frau.“

Er sollte solche Sachen nicht zu mir sagen.

In der Wohnung streife ich mir erleichtert die Schuhe ab und löse meinen engen Zopf. Alex bleibt reglos hinter mir stehen und sieht dabei zu, wie ich mir die Haare auflockere. Ich weiß nicht, was in den letzten Tagen mit ihm los ist. Irgendetwas ist anders an seinem Verhalten.

„Hast du noch Lust auf ein Eis?“, frage ich und gehe vor ihm in die Küche. „Das Kind ist aus dem Haus, also können wir auch direkt aus der Packung löffeln.“

„Nur wenn du Schokolade hast.“

„Du kennst doch Anna. Ich hab ziemlich jede verfügbare Sorte hier.“ Ich greife in die Besteckschublade und ziehe zwei große Löffel heraus, von denen ich ihm einen über meine Schulter reiche.

Es macht mich nervös, wenn er so wenig redet.

Normalerweise ist er gesprächiger.

Mit der Eispackung in der Hand setze ich mich auf die Arbeitsplatte und werfe den Deckel achtlos in die Spüle. Bevor ich den ersten Löffel nehme, sehe ich Alex an und warte, dass er etwas sagt. Irgendwas. Aber er spricht nicht und beobachtet mich nur.

„Was ist los?", frage ich. „Vorhin hast du mich noch aufgebaut und jetzt schiebst du selbst so eine Laune."

„Ich hab keine schlechte Laune", sagt er und kommt zwei Schritte auf mich zu, bis er direkt vor mir steht. Er sieht mich an, während er seinen Löffel in den Eisbecher steckt, und zwinkert mir mit einem verschmitzten Grinsen zu, bevor er ihn zwischen die Lippen schiebt.

„Flirtest du mit mir, Alexander?" Ich wende meinen Blick nicht von seinem Mund ab. Diese Frage sollte ich überhaupt nicht stellen.

„Du hast keine Ahnung, wie gerne ich das würde." Beinahe hätte ich es nicht verstanden, so leise spricht er.

„Was hast du gesagt?", frage ich dennoch.

Lächelnd schüttelt er den Kopf und schiebt sich noch ein Stück näher an mich, sodass er zwischen meinen gespreizten Knien steht. Er steckt seinen Löffel wieder in den Becher und führt ihn anschließend an meinen Mund.

„Mach auf!", fordert er heiser. Ich spüre seine Wärme an meinen nackten Oberschenkeln, selbst durch den Stoff seiner Jeans. Angesichts meiner sehr kurzen Shorts fühle ich mich in dieser Position entblößt. Und genau das erregt mich, wie schon lange nichts mehr. Ich weiß, wenn ich jetzt nur leicht die Beine aneinander reibe, dass ich das Piercing an meiner geschwollenen Klitoris spüren kann. Das sollte ich unbedingt vermeiden, denn der Ton, der dann aus meinem Mund kommt, ist für mich nicht kontrollierbar.

Wider besseren Wissens nehme ich das Eis von seinem Löffel und versuche, nicht daran zu denken, dass er vorhin zwischen seinen Lippen war. Nicht für eine Millisekunde wendet er den Blick von mir ab. Seine blauen Augen sind mir vertraut, aber was ich jetzt in ihnen lese, ist neu. Zumindest glaube ich das, denn bislang hat er es mir nie gezeigt. Kann es wirklich sein? Will er mich genauso sehr, wie ich ihn?

Oh Gott! Das macht die ganze Sache nur noch schlimmer.

Immer noch mit einer Löffelportion Eis auf der Zunge möchte ich mir einen kleinen Klecks aus dem Mundwinkel wischen, doch er kommt mir zuvor und hält mein Handgelenk fest, um es selbst abzuwischen. Mit dem Blick auf meine Lippen leckt er sich den Daumen ab.

„Was tust du da?", flüstere ich. Er ist so nah, dass ich seinen Atem schmecken kann. Ich will ihn küssen, aber wir dürfen das nicht.

„Mir ein Ticket in die Hölle lösen." Offenbar ist er anderer Ansicht.

Ich schließe die Augen, denn was immer jetzt passiert, kann und will ich nicht mehr stoppen.

Aus Alex' Hosentasche dringt plötzlich ein penetranter Klingelton und lässt ihn sofort zwei Schritte rückwärts gehen.

„Fuck!", flucht er und dreht sich von mir weg. Nur kurz schaut er auf das Display und verschwindet dann mit dem Telefon auf den Balkon, wo er sogar die Tür hinter sich zuzieht. Ich habe trotzdem gesehen, welcher Name da aufgeleuchtet ist.

Steffen.

Ich brauche einen Moment, bevor ich mich wieder bewegen kann. Etwas desorientiert werfe ich den Eisbecher mit unseren Löffeln ins Spülbecken, obwohl er noch fast voll ist. Aus dem Augenwinkel sehe ich Alex wild gestikulierend telefonieren, doch ich darf ihn jetzt nicht direkt anschauen, ansonsten breche ich in Tränen aus.

Ich muss mich abregen und verschwinde dazu im Badezimmer. Vor dem Waschbecken lasse ich mir kaltes Wasser über die Handgelenke laufen. Mein Puls rast und ich traue mich gar nicht, mein Spiegelbild zu betrachten. Ich sollte dringend meine Atmung unter Kontrolle bringen, denn sonst hyperventiliere ich gleich.

Mit ein paar ruhigen Atemzügen tief in den Bauch schaffe ich es, mich etwas zu beruhigen. Doch das Schlimmste steht mir noch bevor. Ich muss da jetzt wieder raus.

„Ela?"

Noch schlimmer, Alex wartet schon vor der Badezimmertür auf mich.

„Einen Moment. Ich bin gleich da."

Ein wenig kaltes Wasser für meine erhitzten Wangen und dann bin ich bereit, mich ihm zu stellen. Oder auch nicht.

Mit zitternden Fingern öffne ich die Tür und versuche mich an einem Lächeln, obwohl ich keine Ahnung habe, wie ich mit der Situation umgehen soll, die eigentlich gar keine ist.

Alex lächelt mich gequält an und die Gründe sind in diesem Moment vielfältig.

„Was wollte er?", frage ich und lehne mich an den Türrahmen. Zum Glück gibt es ein Thema, mit dem wir von unserem Beinahe-Kuss ablenken können.

„Das Übliche. Ein paar leere Entschuldigungen loswerden, um dann nach Geld zu betteln. Er wohnt im Augenblick mal wieder bei seiner Ex. Oder was auch immer sie gerade ist."

Ex oder Freundin, auf jeden Fall ein grundnaives 22-

jähriges Mädel mit drei Kindern von unterschiedlichen Männern, bei der er sich durchschnorrt. Ich bin mir nie sicher, ob ich sie auslachen oder bemitleiden soll.

„Du gibst ihm doch kein Geld?“

„Ich bin nicht dumm, Ela. Ich hab meine Lektion vor langer Zeit gelernt.“

Es ist mir unbegreiflich, wie die beiden Brüder sich in so unterschiedliche Richtungen entwickeln konnten. Ihre Eltern sind bei einem Autounfall gestorben, da war Steffen bereits 19. Ich weiß, dass Alex sich teilweise für Steffens Verhalten verantwortlich fühlt, obwohl das absurd ist. Steffen war immer schon schwierig und völlig anders als Alex. Im Gegensatz zu seinem großen Bruder, der sich schnellstmöglich berappelt und sein Leben geregelt hat, hat Steffen sein Erbe genommen und es innerhalb weniger Wochen auf den Kopf gehauen. Ob es daran liegt, dass Steffen adoptiert ist, kann man nur vermuten.

Als ich nichts weiter sage und hinter ihm aus dem Fenster schaue, will er meine Hände nehmen, doch ich ziehe sie reflexartig zurück, obwohl das gar nicht meine Absicht war.

„Es tut mir leid, Kleine.“

„Ich hasse es, wenn du mich so nennst. Ich bin nicht mehr das kleine Mädchen, was bewundernd zu deinem verantwortungslosen Bruder aufgeschaut hat.“

„Ich weiß, Ela. Das ist mir schmerzlich bewusst.“

„Was soll das jetzt heißen?“, fahre ich ihn an.

„Dass ich dich schon länger nicht mehr als kleines Mädchen sehe, als dir wahrscheinlich klar ist.“

„Nicht! Alex, bitte nicht!“, flehe ich. Er sieht traurig aus und spiegelt damit vermutlich meinen Gesichtsausdruck wider.

„Vor 5 Minuten, in der Küche … ich wollte dich gerne küssen.“ Er hat ja keine Ahnung, wie sehr ich es wollte und immer noch will. Ich möchte die feine Narbe auf seiner Oberlippe mit meiner Zunge berühren, bevor er mich mit seiner eigenen in seinen Mund lockt. So sehr ich es auch sollte, ich kann diese Gedanken nicht mehr zurückhalten.

„Warum tust du das? Du bist alles, was ich habe. Du bist alles, was Anna hat. Und jetzt machst du das kaputt.“

„Das will ich wirklich nicht. Im Gegenteil.“

„Wir dürfen das nicht, Alex. Das weißt du ganz genau. Es geht einfach nicht.“

„Ich weiß.“ Erschöpft lässt er den Kopf hängen. Es kostet mich körperliche Kraft, ihn nicht in die Arme zu nehmen.

„Du solltest gehen.“ Bevor es mit meiner Selbstbeherrschung vorbei ist und ich ausnahmsweise nur an mich denke.

„Daniela“, seufzt er.

„Bitte geh!“

„Okay. Für den Moment. Morgen melde ich mich wieder.“

Natürlich wird er das. Schließlich ist er Annas Onkel. Daran muss ich mich mehr denn je erinnern.

Eine kurze Umarmung lasse ich mir gefallen, bevor ich ihn zur Tür rausschiebe.

Für lange Zeit schon bin ich heimlich in Alex verliebt, aber nie habe ich damit gerechnet, dass er etwas anderes als eine kleine Schwester in mir sieht. Es wäre für alle Beteiligten besser, wenn es so geblieben wäre. Jetzt ist alles noch komplizierter.

3.

„Hmmm … ich liebe meine Männer.“ Mit verträumtem Blick sitzt Kati mir gegenüber und starrt in die Küche ihres Coffeeshops, wo Jakob und Paul mit Ben und meiner Tochter die Mittagspause verbringen. Anna hat sich rasch vom Schreck der Impfung erholt und fordert jetzt volle Aufmerksamkeit von Ben, der nur für sie seine coole Teenagerfassade ablegt und liebend gerne mit ihr rumalbert.

„Du hast ja auch genug davon.“

„Stimmt. Und keinen Einzigen werde ich wieder hergeben.“ Sie grinst mich frech an und schiebt mir einen weißen Umschlag entgegen, mit dem sie schon die ganze Zeit nervös spielt.

„Was ist das?“, frage ich. „Meine Kündigung?“

„Um Gottes willen, Dani. Hast du das wirklich gedacht? Das ist ein Arbeitsvertrag für eine Vollzeitstelle, wenn du ihn willst.“

Eigentlich sollte ich mich freuen, doch ich glaube nicht, dass es auf ihrem Mist gewachsen ist.

„Hat Jakob dich angestiftet?“

Sie schaut abermals lächelnd in die Küche. „Nein, hat er nicht. Er hat mir erzählt, dass du dein Studium abbrechen musstest. Du hättest mir das sagen sollen, Dani.“

„Du hast gar keinen Bedarf für einen weiteren Vollzeitmitarbeiter. Außerdem weißt du, dass ich nur mit Einschränkungen so viele Stunden arbeiten kann, besonders weil Anna bald in die Schule kommt.“

„Was das angeht, es wird sich in nächster Zeit eine Menge

ändern. Deine Arbeitszeiten können wir flexibel regeln. Im Übrigen ist deine Tochter im *Trudi's* und oben bei uns in der Wohnung jederzeit willkommen. In erster Linie sind wir Familie, auch wenn ich auf dem Papier noch dein Boss bin. Seitdem Stefanie nicht mehr hier wohnt und arbeitet, brauche ich dich."

Wie schon bei meinen Eltern im Garten wandert ihre Hand unbewusst auf ihren Bauch. Ich lehne mich über den Tisch, damit nicht der ganze Laden die Frage hört, die ich einfach stellen muss.

„Haben diese Änderungen eventuell mit einem Familienzuwachs zu tun?"

Kati läuft augenblicklich feuerrot an, als hätte ich sie bei etwas Verbotenem erwischt.

„Es ist noch zu früh, um es offiziell zu machen. Ich bin erst in der sechsten Woche."

Da sie ziemlich verängstigt ausschaut, bin ich mir nicht sicher, wie ich reagieren soll.

„Ist das gut?", frage ich.

„Ich hoffe es. Es war kein Unfall, sondern geplant. Aber trotzdem hab ich eine Scheißangst."

„Du wirst eine tolle Mutter, Kati", sage ich und lege meine Hand auf ihre. „Das bist du doch schon längst für Ben."

„Das ist was anderes."

Da hat sie recht. Ben ist ihr Bruder, auch wenn sie ihn aufgezogen hat. Er hat keine zwei Väter und für seine Zeugung musste sie sich nie rechtfertigen. Das könnte sich bei einem Baby mit Paul und Jakob drastisch ändern.

„Ihr werdet das schaffen, da bin ich mir sicher."

„Auf jeden Fall habe ich dafür die besten Männer an meiner Seite." Das hat sie. Egal, was passiert, mein Bruder würde sie nie alleine lassen. Paul genauso wenig.

„Wie läuft es mit Pauls Eltern?"

Sein Vater hat extrem böse reagiert, als er von der Dreierbeziehung seines Sohnes erfahren hat. Meine Eltern sind Gott sei Dank weltoffener, auch wenn sie ihre Zeit gebraucht haben, sich damit zu arrangieren. Jetzt ist es für uns nicht anders vorstellbar und meine Mama könnte nicht glücklicher sein, mit Ben ein drittes Enkelkind bekommen zu haben. Vor allem weil Jakobs Tochter aus erster Ehe mit ihrer Mutter in Japan lebt.

„Nicht gut. Er redet nicht mehr mit ihm und versucht noch nicht einmal, es zu verstehen. Seine Mutter weiß sich nicht anders zu helfen und hält zu ihm. Deine Eltern sind ein Segen, Dani."

Das ist traurig. Ich kann mir nicht vorstellen, wegen einer solchen Entscheidung mein eigenes Kind aus meinem Leben zu verbannen.

„Es tut mir so leid. Paul hat eine Familie bei uns. Das weiß er hoffentlich."

„Ja, das weiß er. Aber es gibt noch ein paar andere Dinge, die ich mit dir besprechen wollte. Meine frühe Schwangerschaft ist nicht die einzige Veränderung. Es war nicht unbedingt geplant, dass diese beiden Ereignisse zeitnah beieinander passieren, doch jetzt ist es so und wir müssen das irgendwie packen. Wir haben das Ladenlokal nebenan gekauft, damit wir das *Trudi's* vergrößern können. Dabei benötige ich deine Hilfe. Wenn mit dem Baby alles glatt läuft, kann ich mich nicht zu intensiv am Umbau beteiligen. Dafür brauche ich dich. Insbesondere für unseren neuen Bereich im hinteren Teil."

Das ist eine vernünftige Entscheidung, weil der Laden

inzwischen während der Stoßzeiten völlig überlastet ist, aber auch ein riesiger Schritt.

„Das klingt gut. Was hast du dir denn genau vorgestellt?"

„Auf jeden Fall müssen die meisten Bistrotische raus, die wir mit gemütlicheren Sofas und tieferen Tischen ersetzen. Im hinteren Bereich dachte ich an ein Lesecafé, kombiniert mit einem kleinen Antiquariat, wo wir Lesungen organisieren können. Speziell dafür brauche ich deine Hilfe. Du bist der Bücherwurm von uns beiden, ich bin besser in der Backstube."

Jakob grinst mich aus der Küche an. Natürlich steckt er dahinter. Aber die Sache ist zu großartig, um sie auszuschlagen.

„Dann solltest du auch über kostenloses WLAN nachdenken, damit sich die ganzen Studenten länger aufhalten", schlage ich vor. Kati greift sofort nach einem Notizblock aus ihrer Gesäßtasche.

„Deswegen bist du diejenige, die ich als Teilhaberin an meiner Seite sehe", sagt sie und notiert sich meine Idee.

Das ist eine Info, die ich erst einmal verarbeiten muss.

„Meinst du das ernst?", frage ich verdutzt.

„Wenn du es willst. Seitdem du hier arbeitest, läuft der Laden viel strukturierter. Den größten Teil der Buchhaltung übernimmst du schon seit einer Weile und du hast wesentlich mehr Charme als ich, was sich deutlich am wachsenden männlichen Kundenstamm zeigt. Natürlich brauchen wir auch noch mindestens 2 Aushilfen, sonst packen wir das Tagesgeschäft nicht."

„Das klingt nach großen Plänen." Innerlich will ich laut losquietschen, so freue ich mich darauf. Es war nicht mein Traum, ewig Barista zu spielen, doch das ist eine ganz andere

Perspektive.

„Grundsätzlich möchte ich das mit der Teilhaberschaft schon heute machen, aber du sollst in Ruhe darüber nachdenken und es nicht bloß annehmen, weil es momentan die einzige Alternative ist. Wenn ich dich sofort mit allen Konsequenzen einspanne, tritt mir dein Bruder in den Hintern."

„Das würde ich nie tun, Katharina." Von ihr unbemerkt hat er sich angeschlichen und knutscht sie geräuschvoll auf den Hals. „Wir müssen los", sagt er und legt einen Arm um ihre Schultern. „In zwei Stunden bin ich wieder zu Hause. Ich habe nur noch ein bisschen Papierkram zu erledigen."

Jetzt kommt auch Paul zu uns und küsst sie auf die Wange. „Ich schaffe es leider nicht so früh wie Jakob. Wenn Daniela schon hier ist, dann mach du bitte nicht mehr lange und lass dir lieber von Jakob Abendessen kochen."

Eigentlich war ich der Meinung, ich hätte Urlaub, aber wie es aussieht, sind die laschen Zeiten vorbei.

„Ich bin nicht krank!", sagt Kati leise und rollt mit den Augen.

Bevor die beiden zur Tür raus können, fange ich Jakob ab und lege die Arme um meinen großen Bruder.

„Ich freue mich für euch", flüstere ich.

„Danke, Schwesterherz." Er drückt mich fest an sich.

„Natürlich gehe ich wieder leer aus", scherzt Paul, der wartend die Tür aufhält.

Auch er bekommt von mir eine warme Umarmung. „Papa Paul", wispere ich ihm ins Ohr und spüre sein Lächeln an meiner Wange.

Da mein verlängerter Aufenthalt nicht geplant war, hat Ben

Anna für eine Folge ihrer Lieblingsserie Kim Possible mit nach oben genommen. Ich finde es toll, dass er eigentlich ein cooler Teenager ist, für meine Tochter aber ein butterweiches Herz hat. Das zeigt deutlich, wie liebevoll er großgezogen wurde.

„Wie geht es Alex?“, fragt Kati, als ich vom Tische abräumen zurück in die Küche komme. „Er war am Sonntag merkwürdig.“

„Er hatte wieder Stress mit Steffen.“

„Das leidige Thema.“

Das mag ich an Kati. Sie interessiert sich für mein Leben, aber nicht auf eine überneugierige, penetrante Weise. Wenn ich nicht weiter drauf eingehe, dann fragt sie auch nicht nach. Speziell bei dieser Angelegenheit weiß ich das zu schätzen.

„Es hört einfach nicht auf. Ich verstehe nicht, wie man mit Ende 20 noch so unverantwortlich sein kann. Für Anna ist das überhaupt nicht gut. Sie spürt ja immer mehr, wie sprunghaft er ist und dass er nur für sie da ist, wenn er Lust darauf hat.“

Eigentlich will ich nicht schon wieder über ihn sprechen.

„Du brauchst einen vernünftigen Kerl, Dani. Einen Mann, der auch für deine Tochter da ist. Dann wird das alles ein Stück leichter.“

„Ich weiß nicht, ob ich das noch möchte. Kerle machen eine Menge Arbeit und davon hab ich genug.“

Mit einem wissenden Grinsen nimmt sie mir das Tablett mit schmutzigen Tassen ab. „So hab ich auch mal gedacht. Doch dann kam dein Bruder und brachte gleich Paul mit.“

„Vielleicht ist es einfacher mit zwei Männern, wenn man sich nur die besten Seiten von beiden nehmen kann.“

„Das ist nicht so einfach, wie es aussieht. Ich denke, das

weißt du. Wir haben unsere Probleme, die nicht unbedingt mit denen traditioneller Paare vergleichbar sind. Deswegen ist bei uns noch längst nicht immer alles gut."

Ehrlich gesagt weiß ich nicht, wie sie das schafft. Männliche Aufmerksamkeit ist ja nett, kann in dieser Dosis aber auch zu viel werden.

„Darf ich dich was fragen, Kati?"

„Natürlich. Alles. Na ja, fast alles", sagt sie mit einem Zwinkern.

„Keine Sorge, es gibt Dinge, die will ich nicht wissen. Doch was macht dich sicher, dass es funktioniert? Versteh mich nicht falsch, wir reden hier von meinem Bruder und Paul und ich kenne die beiden gut genug, um zu wissen, dass sie nichts tun, was sie nicht absolut ernst meinen. So ein Baby ist ja schon eine Entscheidung mit langfristigen Folgen."

Nachdenklich greift Kati in die Box mit Keksen, die wir normalerweise mit auf die Untertassen zum Kaffee legen.

„Es ist recht simpel", sagt sie zwischen zwei Bissen. „Die beiden lieben mich und behandeln mich dementsprechend. Das bedeutet auch, dass sie mich nicht als ihre Putzfrau betrachten oder denken, jetzt müssten sie sich plötzlich um nichts mehr kümmern, weil sie ja eine Frau an ihrer Seite haben. Sie würden nie ein gehässiges Wort über mich verlieren, und das ist eine Frage des Respekts. Man sieht viele Paare, die schon nach kurzer Zeit kein nettes Wort mehr füreinander übrig haben und Männer, die in einer Weise über ihre Frauen reden, wie sie es noch nicht mal über ihren besten Kumpel tun würden. Wobei Frauen da oft nicht besser sind. Ich weiß einfach, dass sie mich nie alleine lassen, sowohl bei der zusätzlichen Arbeit, die das Baby mit sich bringt, als auch bei emotionalem Stress. Sie ziehen nicht den Schwanz ein, wenn es schwierig wird. Solche Männer sind heutzutage rar geworden. Und ich hab gleich zwei davon!" Grinsend nimmt sie sich den nächsten Keks und verzieht sich mit dem schmutzigen Geschirr in die Küche, damit ich den Kunden bedienen kann, der gerade durch die Tür kommt.

Es ist zum Heulen. Wir verlangen doch keine unmenschlichen Dinge von Männern, außer dass sie sich wie eigenverantwortliche, verlässliche Erwachsene benehmen. Nur hat Kati leider recht, diese Exemplare werden offenbar immer seltener.

Als ich am Abend meine Wohnungstür aufschließe, wartet meine Mutter mit einer Tasse Tee auf mich.

„Anna ist schon im Bett", sagt sie leise, während ich mir die Schuhe abstreife und meine Handtasche auf die Garderobe schmeiße. „Wir waren auf dem Wasserspielplatz, wo sie sich völlig verausgabt hat." Sie hat meine Tochter am späten Nachmittag bei Ben abgeholt, damit der arme Kerl nicht den ganzen Tag mit ihr verbringen muss.

„Du bist ein Engel, Mama." Ich gebe ihr einen flüchtigen Wangenkuss und lasse mich auf den Sessel ihr gegenüber fallen. Wenn sie jetzt nicht da wäre, würde ich auch noch die Füße auf den Tisch legen.

„Alex war hier. Er wusste nicht, dass du Spätschicht hast. Anna hat ihn natürlich gleich eingespannt und dazu genötigt, mit uns zu Abend zu essen. Ich soll dir ausrichten, dass du ihn anrufen möchtest."

„Okay", sage ich, weil mich jedes weitere Wort zwingt, ihr von unserem Beinahe-Kuss zu erzählen. Es macht mich wahnsinnig, dass ich mit niemandem darüber reden kann.

Nachdem ich meine Mutter verabschiedet und Anna noch einmal zugedeckt habe, lege ich mich für einen Moment auf die Couch. Ich sehe mein Handy auf dem Tisch blinken. Jemand hat mir eine Nachricht geschickt und ich kann mir schon denken, wer der Absender ist.

- Noch wach? A. –

Hellwach und mit dem unglaublichen Wunsch, dich zu küssen. Aber wenn ich das schreibe, würde unser aller Leben aus den Fugen geraten.

- Ja, schon. Kann ich dich morgen anrufen? Ich bin total erledigt. D. –

Es ist bloß eine faule Ausrede, um diesen Anruf noch etwas hinauszuzögern. Ich habe die Befürchtung, er will über den Vorfall reden, doch das einzig Richtige ist, es unter den Teppich zu kehren und nie wieder darüber zu sprechen.

- Natürlich, Ela. Wenn du Lust und Zeit hast, komm stattdessen in der Mittagspause in die Praxis und wir trinken einen Kaffee. Unter vier Augen. -

Es ist offensichtlich eine schlechte Idee, aber ich kann ihm nicht ewig aus dem Weg gehen, also stimme ich zu. Außerdem würde es Anna das Herz brechen, wenn ich ihn aus unserem Leben verbanne.

4.

In Alex' Tierarztpraxis ist bereits Mittagspause, als ich mich mit zwei großen Pappbechern Milchkaffee und einem Karton voller Blaubeermuffins durch die angelehnte Tür schiebe. Seine Tierarzthelferin und die Auszubildende gehen während dieser Zeit nach Hause, sodass wir die Praxis für uns haben.

Ich fand die Geruchskombination von Desinfektionsmittel und nassem Hund immer merkwürdig und bin gleichermaßen fasziniert, dass Alex zu jeder Zeit sauber riecht. Obwohl er den ganzen Tag irgendwelche Kleintiere behandelt und auch an zwei Nachmittagen in der Woche auf verschiedenen Bauerhöfen unterwegs ist, merkt man ihm diese schmutzige Arbeit nie an.

„Hey, schöne Frau." Er kommt aus dem kleinen Aufenthaltsraum hinter der Empfangstheke auf mich zu und nimmt mir die Muffins ab. Vielleicht ist es nur eine Fassade, doch für ihn scheint es leichter zu sein, mich zu behandeln wie immer. Abgesehen davon, dass er mich als „schöne Frau" betitelt. Aber das „Kleine" hab ich ihm ja praktisch untersagt.

„Hey, Alex. Milchkaffee mit einem Schuss Haselnuss. Richtig?"

„Perfekt." Er küsst mich auf die Wange und legt mir die freie Hand auf den Rücken, um mich in den Aufenthaltsraum zu schieben.

„Stressiger Tag?" Ich nehme die beiden Becher aus dem Getränkehalter und stelle sie auf dem Tisch ab.

„Nein, gar nicht." Neugierig lugt er unter den Deckel des Kartons. „Blaubeere?", fragt er.

„Was sonst? Ich weiß doch, was du magst." Oh, dieser Satz war vor einer Woche noch viel weniger zweideutig.

Schelmisch grinsend sieht er mich von der Seite an. Am liebsten möchte ich ihm die Selbstgefälligkeit mit einer Ohrfeige aus dem Gesicht entfernen. Stattdessen setze ich mich hin und lege meine Füße auf einem der drei Stühle ab.

„Kommst du gerade von der Arbeit?", fragt er und zeigt auf die Kaffeebecher.

„Nicht direkt. Ich musste nur meinen neuen Arbeitsvertrag bei Kati unterschreiben, weil wir das gestern ganz vergessen haben."

„Arbeitsvertrag? Du hast doch längst einen." Er nimmt zwei Teller aus dem Schrank und stellt sie auf den Tisch zwischen uns, damit wir davon die Muffins essen können.

„Ja, schon. Aber keinen Vollzeitvertrag. Sie hat ihn mir gestern angeboten."

„Das klingt toll. Oder nicht?" Skeptisch beobachtet er mich, während er sich auf den freien Stuhl mir gegenüber niederlässt.

„Ich denke schon. Kati plant einige Veränderungen in der nächsten Zeit. Sie will den kompletten Laden umbauen und vergrößern. In den hinteren Bereich soll ein Lesecafé mit kleinem Antiquariat kommen. Dafür bin ich dann zuständig."

Alex nimmt den Deckel von seinem Pappbecher ab und trinkt einen Schluck. Er hasst die Trinköffnungen dieser Becher.

„Ist es nicht das Richtige für dich?"

„Ja, ist es", sage ich zögerlich. „Noch bin ich mit dem Gedanken nicht ganz warm geworden, doch letztendlich ist es genau das, von dem ich nicht wusste, dass ich es schon immer wollte. Glaube ich zumindest. Aber es bedeutet eine Menge

Arbeit, worunter schlussendlich Anna leidet."

„Ela, du weißt, dass ich für euch da bin. Ich helfe, so gut ich es kann. Wenn du keine andere Möglichkeit hast, kannst du sie auch hierher bringen. Anna liebt es, unsere kleine Assistentin zu spielen. Sie ist ein vernünftiges Mädchen und sie ist gerne hier. Ich würde das nicht jedem anbieten und auch sicherlich nicht für jedes Kind, doch mit ihr ist das kein Problem."

Es wäre einfacher, wenn er genauso ein Arschloch wie Steffen wäre.

„Alex", seufze ich. „So sehr ich deine Hilfe zu schätzen weiß, verstehe ich nicht, warum du so viel deiner wertvollen Freizeit für uns verschwendest. Du musst nicht ausbügeln, was dein Bruder regelmäßig verbockt."

Seine Miene verfinstert sich, doch ganz genau weiß ich nicht, was ich gerade Falsches gesagt habe.

„Ela, wir sind Familie. Anna ist meine Nichte und ich hab die Kleine lieb. Hast du mal für 5 Sekunden daran gedacht, dass ich das nicht nur für euch tue? Ihr seid alles, was ich noch an Familie habe und ich verbringe gerne Zeit mit euch."

„Entschuldige. So habe ich es nicht gemeint."

Im Gegensatz zu Steffen war Alex' Aufmerksamkeit und Liebe nie an irgendwelche Bedingungen gebunden.

„Ich weiß." Er greift sich einen Muffin und zieht das Papier ab, bevor er einen großen Bissen nimmt.

„Manchmal habe ich das Gefühl, dass dich die ganze Zeit mit uns davon abhält, eine eigene Familie aufzubauen. Du wirst ja auch nicht jünger", sage ich mit einem Zwinkern.

„Danke für die Erinnerung." Gequält lächelnd schiebt er sich den Rest des kleinen Kuchens in den Mund.

„Du weißt, dass ich das nicht ernst meine." Heute sollte ich besser nichts mehr sagen.

„Es ist so, dass ich sehr genau weiß, was ich will. Nur kann ich es mir leider nicht einfach nehmen."

Diese Worte fahren mir bis ins Mark, denn ich möchte glauben, dass sie an mich gerichtet sind.

„Wenn du das nicht bekommen kannst, dann solltest du versuchen, dich anderen Optionen zu öffnen."

„Oh, glaub mir. Das hab ich versucht", sagt er mit einem höhnischen Lachen.

Ich würde ihn gerne bitten, auf diese vagen Aussagen näher einzugehen, aber wenn es das ist, was ich befürchte und gleichzeitig hoffe, dann sollte es besser nie ausgesprochen werden.

Da ich nicht weiter nachbohre und stattdessen an meinem Muffin knibbele, ergreift er das Wort: „Habt ihr schon Pläne für Samstag? Ich möchte mit meinen Ladys an den See fahren und euch anschließend zum Pizzaessen einladen."

„Gerne. Da wird Anna sich freuen." Und nicht nur sie. Denn Alex in Badeshorts, von der Sonnencreme glänzend … ich bin so was von geliefert.

Es ist kein Vergnügen, mit einem übermüdeten Kind in einem aufgeheizten Auto im Feierabendverkehr einen Parkplatz suchen zu müssen.

„Mama, ich hab Hunger", nörgelt Anna neben mir, nachdem ich jetzt schon die dritte Runde um den Block drehe. „Außerdem muss ich trinken." Ehe ich mich versehe, schnallt sie sich ab und krabbelt auf die Rücksitzbank, um in meiner Tasche nach einer Wasserflasche zu kramen. Nur mit größter Beherrschung schaffe ich es, nicht zu explodieren und stattdessen an einer Bushaltestelle zu stoppen, um sie wieder nach vorne zu verfrachten.

„Schatz, das war gefährlich. Setz dich auf deinen Kindersitz und schnall dich an."

Normalerweise schlage ich in solchen Situationen durchaus einen härteren Ton an, aber wir sind beide einfach nur fertig und das würde es nur verschlimmern. Sie ist müde, ich bin genervt. Das ist keine gute Kombination.

Außerdem muss ich mich jeden Tag aufs Neue daran erinnern, dass ich am Ende des Tages alles bin, was sie hat. Gerade deswegen kann ich nicht zur keifenden Furie mutieren, nur weil mir der Alltag über den Kopf wächst. Was natürlich nicht bedeutet, dass ich ihr später noch ein paar Takte zu dieser Aktion sagen werde.

Erst eine Stunde nach ihrer Bettgehzeit schläft Anna endlich. Nach solchen Abenden habe ich oft das Bedürfnis, mich einfach nur heulend ins Bett zu legen und darauf zu hoffen, dass die Nacht lang genug wird, um mich bis zum nächsten Morgen zu fangen. Ich bin ein positiver Mensch und ich denke, das verkaufe ich auch ganz gut, doch in den letzten Wochen schwindet mir immer mehr die Energie. Das liegt nicht daran, dass meine Tochter anstrengender als andere Kinder ist. Ich gebe es nur ungerne zu, aber mir fehlt einfach die eine Person, an die ich mich anlehnen kann.

Ich habe Hilfe in meiner Familie und meinen Freundinnen. Und Alex. Das ändert aber nicht, dass ich mich einsam fühle.

Nicole textet mir, weil sie gerne auf ein Glas Wein vorbeikommen würde, doch heute kann ich mich noch nicht mal dazu überwinden, ihr zu antworten. Morgen wieder. Jetzt möchte ich einfach nur etwas Mitleid mit mir selber haben.

Nach einer kurzen Dusche schleiche ich mich, nur in T-Shirt und Slip, in Annas Zimmer und setze mich im Schneidersitz vor ihr Bett. Die Bettdecke hat sie sich von den Beinen gestrampelt, aber ich decke sie nicht wieder zu, denn der Raum ist von der Wärme des Tages noch stark aufgeheizt. Ihre gleichmäßigen Atemzüge hatten immer schon etwas Beruhigendes für mich. Im Schlaf ist sie völlig entspannt und sieht dadurch wie das Baby aus, das sie mal war.

Nach stressigen Tagen brauche ich diese Momente, um mich daran zu erinnern, dass sie alles ist und es mir gut geht, solange sie bei mir ist.

5.

Anna blüht auf, sobald Alex in der Nähe ist. Er versteht es, sie einerseits Kind sein zu lassen und sie anderseits ernst zu nehmen. Wenn er bei uns ist, bin ich abgeschrieben. Er ist ein Vaterersatz für sie, da mache ich mir nichts vor.

Gespannt beobachte ich vom Ufer des Sees, wie er versucht, sie zu einem Sprung zu überreden. Er steht hüfttief im Wasser und will sie vom Steg in seine Arme locken.

„Komm schon, Kurze. Du schaffst das. Im Schwimmbad geht es ja auch."

„Ja, aber da sehe ich den Boden."

„Du siehst doch, wie hoch das Wasser ist, wo ich stehe. Außerdem kannst du mir vertrauen, ich fang dich auf."

Selbst auf ein paar Meter Entfernung sehe ich, wie sie einen tiefen Atemzug nimmt, um ihre Angst zu bekämpfen, und dann einen mutigen Sprung direkt in Alex' Arme macht. Ihre Füße haben kaum die Wasseroberfläche berührt, da hat er sie schon geschnappt. Vergnügt quietschend lässt sie sich von ihm ins Wasser ziehen und macht sich ein Spiel daraus, ihn nass zu spritzen.

Für eine Weile beobachte ich die beiden, bevor ich mich wieder auf unsere Decke zurückziehe. Nachdem ich mir eine frische Schicht Sonnencreme aufgetragen habe, fische ich meinen E-Reader aus der Tasche, um ein wenig zu lesen.

Ich liege auf dem Bauch und bemerke Alex deswegen erst, als er sich neben mich schmeißt. Ein paar Wassertropfen landen auf meiner aufgeheizten Haut.

Ganz automatisch will ich mich umdrehen, um zu schauen,

wo Anna bleibt, aber Alex hält mich an der Schulter fest.

„Ich passe auf", versichert er mir. „Sie hat ein anderes Mädchen zum Spielen gefunden."

Er liegt auf dem Rücken und stützt sich auf die Ellenbogen auf, um aufs Wasser sehen zu können, doch ich spüre immer wieder seinen Blick auf mir.

„Was ist?", frage ich und lege meinen Reader beiseite.

„Nichts." Lächelnd zieht er sich die Sonnenbrille auf. Das Grinsen in seinem Gesicht wird breiter.

„Sag schon!", fordere ich. „Sonst fühle ich mich ausgelacht."

„Dein Tattoo. Ich kann nicht glauben, dass du dir nur wegen einer verlorenen Wette einen Cupcake auf die Schulter hast tätowieren lassen."

In einem Anfall von großer Klappe habe ich zu Kati gesagt, dass ich auch für ein paar Tage ihren Job in der Backstube übernehmen kann. Es war etwas Prosecco im Spiel und sie hätte nicht auf die Durchführung der Wette bestanden, doch ich halte meine Versprechen. Wie man sieht, habe ich kläglich versagt und bin beinahe in einem Mehlnebel untergegangen.

„Das ist ein außerordentlich hübscher Cupcake, lieber Alex. Mit einer Kirsche oben drauf."

„Das sehe ich." Wieder schlägt er diesen flirtenden Ton an. Auch wenn er jetzt eine Sonnenbrille trägt, spüre ich seinen Blick auf mir. „Ein hübscher Cupcake auf einer hübschen Schulter."

Träge lege ich mich auf die Seite und stütze meinen Kopf auf der Handfläche ab.

„Du solltest damit aufhören. Sonst denkt nachher noch jemand, du willst mich anbaggern."

Er grinst nur und schaut weiter aufs Wasser.

„Ich muss dich was fragen", sagt er nach einer Weile.

„Was denn?"

Er zieht die Sonnenbrille hoch, um mich richtig anschauen zu können.

„Hast du nächstes Wochenende Zeit? Könnten deine Eltern Anna nehmen?"

„Ist das eine Fangfrage?"

„Irgendwie schon …"

„Rück raus damit, was willst du von mir?"

Seufzend sieht er zu mir. „Nächsten Samstag muss ich zum Tierärztetag nach Dortmund. Den ganzen Tag Vorträge. Abschließend findet allerdings noch eine Abendveranstaltung statt, zu der man einen Gast mitbringen kann. Das Ganze ist schrecklich langweilig und du hast bestimmt keine Lust dazu. Aber mit dir zusammen wäre es nur halb so öde."

Ich bemühe mich, nicht auf seinen halbnackten Körper zu starren, doch die im Sonnenlicht explodierenden Sommersprossen auf seiner Schulter sind schwer zu ignorieren. Nur eine der vielen Stellen, die ich mit meinem Mund und meinen Händen erkunden möchte. Auch die feine Spur blonder Haare, die sich von seinem Bauchnabel bis unter den Bund seiner grauen Badeshorts zieht …

„Du musst nicht, wenn du nicht willst. Es ist bloß ein Vorschlag."

Erschrocken sehe ich ihm in die Augen, da ich vergessen habe, zu antworten. Jetzt habe ich tatsächlich gestarrt und ich bin mir ziemlich sicher, dass es ihm nicht verborgen geblieben ist.

„An dem Samstag hab ich die Frühschicht."

„Das ist ja kein Problem. Tagsüber habe ich ohnehin keine

Zeit. Nur abends würde ich dich gerne ein wenig rumzeigen.“

Ich gehe nicht darauf ein, dass es so klingt, als wäre ich seine Freundin.

„Soll ich mit dem Zug nach Dortmund kommen, damit wir später zusammen nach Hause fahren können?“

Sofort wird sein Gesicht von einem strahlenden Lachen erhellt. „Du würdest mich wirklich begleiten? Dann ist es ein Date.“

Und eine ganz, ganz üble Idee. Aber ich kann einfach nicht widerstehen.

Völlig erschöpft von einem heißen Tag und ausgiebigem Toben im Wasser, ist Anna an mich gelehnt auf der Rücksitzbank eingeschlafen. Wir konnten sie gerade noch dazu bewegen, mit uns in der Pizzeria zu essen, doch auch da war sie schon komplett erledigt.

Alex beobachtet mich durch den Rückspiegel und lächelt mir wiederholt zu, während er uns nach Hause fährt.

An diesem Punkt kann ich nicht sagen, ob er vorher schon so mit mir umgegangen ist, oder ob ich durch unseren Beinahe-Kuss sensibilisiert bin. Ich muss meine Gefühle für ihn in den Griff kriegen, sonst wird mein Leben nur noch anstrengender. Mehr Stress für Anna und mich brauche ich wahrlich nicht. Ich werde ihn nächsten Samstag begleiten, aber nur als das, was ich immer schon für ihn war: So etwas wie eine kleine Schwester.

Zu Hause angekommen parkt er und geht um den Wagen herum, um die Tür auf Annas Seite zu öffnen. Vorsichtig befreie ich sie aus dem Gurt und helfe Alex, der sie vom Sitz pflückt.

„Geh vor und schließ auf. Ich trage sie ins Bett", flüstert er und stößt mit der Hüfte die Autotür zu.

In Annas Zimmer ziehe ich die Vorhänge zu, während Alex meine Tochter auf ihrem Bett platziert. Behutsam zieht er ihr die Sandalen von den Füßen. Anna grummelt vor sich hin und greift instinktiv nach ihrem Stoffhasen, den sie an ihre Brust drückt, ohne auch nur ein Auge zu öffnen.

„Sie ist erledigt." Liebevoll streicht er ihr die Haare aus der Stirn und dreht sich dann zu mir um. „Kann ich noch bleiben?", fragt er leise. „Nur kurz?"

Früher hat er nie gefragt, irgendwie hat es sich immer ergeben.

Nachdem ich Anna ihrer Hose entledigt und sie zugedeckt habe, folge ich Alex ins Wohnzimmer. Der geht rastlos vor dem Fernseher auf und ab.

„Kaffee?", frage ich.

„Nein, lieber nicht. Zu spät dafür."

„Für Kaffee ist es nie zu spät. Wenn du etwas Kaltes möchtest, dann komm mit", sage ich und nicke Richtung Küche.

Ich höre seine Schritte nicht, aber ich spüre seine Wärme an meinem Rücken. Er sagt kein Wort, während ich den Wasserbehälter der Kaffeemaschine auffülle, doch wenn mich meine Sinne nicht völlig täuschen, ist er nur Millimeter von mir entfernt. Sein Atem streift meine Schulter. In dem dünnen Trägershirt, das ich mir nach dem Schwimmen übergezogen habe, fühle ich mich auf erregende Weise nackt.

„Ela", wispert er und bestätigt damit, dass er direkt hinter mir steht.

Die Kanne in meiner Hand läuft inzwischen über, also stelle ich sie ins Spülbecken und schalte das Wasser ab. Doch ich wage es nicht, mich umzudrehen.

Plötzlich liegen seine Hände auf meinen Oberarmen.

„Alex“, flüstere ich und lasse den Kopf auf die Brust sinken. Er macht noch einen kleinen Schritt und dann fühle ich ihn vollständig an meiner Rückseite.

Er ist warm und er riecht gut. Aber er ist auch vertraut und gerade diese Tatsache macht es nur noch aufregender. Vertraut und gleichzeitig verboten.

Ich weiß, wie Alex aussieht, wenn er lacht und glücklich ist. Ich kenne ihn, wenn er wütend oder traurig ist. Was ich nicht weiß, ist, wie er aussieht, wenn er sich über mir bewegt, während er in mir ist. Auch habe ich keine Ahnung, welche Geräusche er macht, wenn ich ihn in den Mund nehme und ob er die Augen schließt, wenn er kommt, oder ob er meinen Blick dabei sucht.

„Du zitterst.“ Seine Lippen sind jetzt direkt an meiner Ohrmuschel. „Und du hast eine Gänsehaut.“ Langsam streichelt er an meinen Armen auf und ab.

Natürlich zittere ich. Ich bin kurz davor, in irgendeiner Form zu explodieren. Entweder vor Wut oder vor Erregung, da bin ich mir noch nicht ganz sicher.

Ich verstehe nicht, warum er mich berührt. Was erwartet er von mir? Er weiß genauso gut wie ich, dass wir das nicht dürfen.

„Wieso tust du das?“ Das ist wohl die elementarste Frage überhaupt.

„Weil ich nicht anders kann.“

Ich bin mir sicher, dass es zuerst nur seine Nasenspitze ist, die über meine Haut streichelt, aber dann sind plötzlich seine Lippen auf meinem Schulterblatt. Er küsst mein Tattoo, diesen verfluchten Cupcake. Krampfhaft halte ich mich am

Rand des Spülbeckens fest, denn wenn ich mich zu ihm umdrehe, ist es vorbei mit meiner Beherrschung.

Ich sollte gegen seine Liebkosung protestieren, doch dafür fühlt es viel zu gut an. So gut, dass ich fast vergesse zu atmen.

„Alex", wimmere ich. Seine Hände ruhen inzwischen auf meinen Hüften.

Jetzt drängt er sich noch näher an mich und schiebt sanft meine Haare beiseite. Ich rechne mit mehr Küssen, aber er legt nur seine Lippen ganz nah an meine Ohrmuschel.

„Ich will dich, Ela!"

Für einen Moment verschwimmt mein Blick und ich ziehe scharf die Luft ein.

Ich ringe um ein paar passende Worte, aber es fällt mir beim besten Willen nichts ein.

Alex streichelt mit den Daumen über die entblößte Haut zwischen Shirt und Hosenbund, bevor er seine Hände wegnimmt, um seine Arme um meine Schulter zu legen. Unwillkürlich dränge ich mich an ihn und merke erst jetzt, wie verkrampft ich bin, doch in seiner Umarmung entspanne ich mich.

„Es ist okay, Ela. Wenn du es willst, dann ist es okay. Du musst es nur zulassen."

Ich möchte ihm um die Ohren hauen, dass er damit aufhören soll. Er macht mich wütend, weil es scheint, als könnte ich haben, wonach ich mich schon lange sehne. Für diesen Protest fehlt mir jedoch gerade Kraft, denn die brauche ich für den Kampf um Zurückhaltung. Wenn ich mich jetzt umdrehe oder überhaupt bewege, dann ist es vorbei. Dann springe ich ihn an und nehme ihn mit in mein Schlafzimmer.

„Geh!", sage ich stattdessen. Und tatsächlich lässt er mich

sofort los.

„Okay“, sagt er ergeben und legt seine Hände wieder auf meine Oberarme. „Aber nächste Woche haben wir ein Date.“

„Alex“, seufze ich und will widersprechen, doch er drückt mir einfach einen Kuss auf die Schulter und lässt vollständig von mir ab.

„Gute Nacht, Ela. Ich komme sicher die Tage mal mittags ins *Trudi's*. Bis dann.“

Auf dem Weg nach draußen richtet er ein paar geflüsterte Worte an Bumblebee und verlässt die Wohnung.

Ich weiß nicht, wie lange ich unbewegt auf derselben Stelle stehe und die Szene in meinem Kopf durchspiele, aber irgendwann schmerzen meine Finger, weil ich mich immer noch krampfhaft an der Spüle festhalte.

6.

Die darauffolgenden Tage sind die Hölle. Ich kann nicht klar denken. All meine Gedanken kreisen nur um Alex. Deswegen bin ich während der Arbeit alles andere als bei der Sache. Leider entgeht das Kati nicht.

„Wo bist du?", fragt sie leise und schiebt mich von der Kasse weg, weil ich unangemessen lange brauche, um dem Kunden vor mir das Wechselgeld herauszusuchen.

„Nicht hier, offensichtlich. Sorry, Kati. Ich reiß mich zusammen."

Sie gibt mir einen festen Arbeitsvertrag und schon fange ich an, zu schludern. Da wäre ich an ihrer Stelle auch nicht begeistert.

Ich gehe in die Backstube, um eine neue Lage Cupcakes aus der Kühlung zu holen, doch leider folgt sie mir.

„Ernsthaft, Süße. Was ist los? Wir machen uns Sorgen."

Ist meine Verwirrung so offensichtlich? Drei Tage ist es jetzt her, dass er meine Schulter geküsst hat und ich habe mich immer noch nicht im Griff.

„Nichts. Wirklich. Ich bin einfach ein bisschen durch den Wind. Muss PMS sein."

„Jakob hat schon seit Tagen nichts mehr von dir gehört. Deine Mutter hat auch nach dir gefragt."

„Kati, wir müssen alle arbeiten", seufze ich genervt. „Außerdem wissen sie, wo sie mich finden. Das Telefon funktioniert in beide Richtungen."

„Sicher tut es das, wenn du dann mal dran gehen würdest." Nicoles Stimme lässt mich erschrocken herumfahren und fast die Cupcakes auf den Boden stürzen, hätte Kati nicht im letzten Moment eingegriffen

„Was machst du denn hier?“, frage ich und trete nach vorne, hinter die Verkaufstheke.

„Mittagspause. Mir geht es auch gut, danke der Nachfrage.“

Im Augenblick kann ich ihre bissige Ironie nicht brauchen.

„Du hast einmal angerufen und ich hab mich nicht sofort zurückgemeldet. Kein Grund, pampig zu werden. Also, Milchkaffee?“

„Trinkst du einen mit mir? Hast du Zeit?“

Ich könnte sie abwürgen, aber da es einer der seltenen Momente ist, in denen sie zurückrudert und ich ohnehin Mittagspause habe, nicke ich und mache für mich selbst auch einen Kaffee.

„Also, was ist los bei dir? Irgendwelche Neuigkeiten?“

Wir sitzen am Schaufenster, weit weg von Katis neugierigen Ohren, doch bevor ich nur ein Wort rausbringe, sehe ich Alex draußen vorbeilaufen. Natürlich steuert er die Tür an, um den Coffeeshop zu betreten und selbstverständlich sieht er mich sofort. Nachdem er einer betagteren Dame mit charmantem Lächeln die Tür aufgehalten hat, kommt er direkt auf uns zu.

„Hallo Nicole“, sagt er, würdigt sie jedoch keines Blickes. Stattdessen starrt er mich an, als wollte er mich gleich hier auf dem Tisch nehmen.

„Hallo Alex“, sagt sie und beobachtet interessiert unseren Blickkontakt.

„Wir haben ein Date am Samstag. Ich hoffe, du vergisst das nicht.“ Er beugt sich zu mir runter und küsst mich auf die Wange. Dabei verweilt er deutlich zu lange, um es noch unschuldig wirken zu lassen.

Ich bekomme keinen Ton raus, aber ich glaube, er hat mir auch nicht wirklich eine Frage gestellt.

„Ladys!“ Mit einer angedeuteten Verbeugung lässt er uns wieder allein und geht zu Kati an die Theke, um seinen Kaffee zu bestellen.

Fassungslos schaue ich ihm hinterher.

„Seit wann schläfst du schon mit deinem Schwager?“ Obwohl sie diese Frage ganz leise stellt, habe ich das Bedürfnis, ihr den Mund zuzuhalten, vor lauter Panik, dass sie jemand hören könnte.

„Sei still“, fauche ich sie an und erschrecke mich im gleichen Moment über mich selbst. „Er ist nicht mein Schwager. Ich war nie mit Steffen verheiratet. Außerdem schlafen wir nicht miteinander.“ Wenn es so weitergeht, ist das allerdings nur eine Frage der Zeit. Einer sehr, sehr kurzen Zeit.

„Noch nicht. Aber was ich da gerade gesehen habe, erklärt dein merkwürdiges Verhalten in den letzten Wochen. Hand aufs Herz, bist du in Alexander verliebt? Denn eines steht fest: Er hätte dich gerne zum Frühstück.“

„Ich hab keine Ahnung, was los ist“, flüstere ich und versuche vergeblich, meine Unterlippe vom Zittern abzuhalten. Zum Glück sitze ich mit dem Rücken zur Theke und muss Alex deswegen nicht ansehen.

„Süße.“ Nicole streichelt mir liebevoll über die Wange. „Ich hatte eine Vermutung, aber ich dachte, es wäre nur eine harmlose Schwärmerei.“

„Das habe ich mir bisher auch erfolgreich einreden können. Bis er angefangen hat, eindeutige Signale zu senden. Ich weiß nicht, was ich machen soll.“

Nicole sieht genauso ratlos aus, wie ich mich fühle. Meinen Drang, loszuheulen, hab ich zum Glück im Griff. Das fehlt mir gerade noch, dass ich an meinem Arbeitsplatz und vor Alex wie ein kleines Mädchen rumplärre.

Ich schaue bewusst Nicole an, weil Alex jeden Moment wieder an uns vorbeigehen sollte. Als ich den Luftzug der Eingangstür spüre, muss ich mich sehr beherrschen, nicht aufzuschauen.

„Er ist weg", beruhigt mich meine Freundin und legt mir mit einem aufmunternden Lächeln eine Hand auf den Arm. Es ist selten, dass sie sich so liebevoll verhält. Normalerweise ist sie die Art von Freundin, die einem sagt, dass man aufhören soll zu jammern, weil das noch keinem geholfen hat. Ich scheine wirklich ein erbärmliches Bild abzugeben.

„Ich sollte unser Date absagen. Das ist keine gute Idee. Vor allem weiß ich nicht, seit wann wir Dates haben. Er ist Annas Onkel."

„Es stimmt also", höre ich Kati hinter mir, die sich einen Moment später zu uns an den Tisch setzt. „Du und Alex."

Ich wünsche mir zwar schon länger, dass ich mit jemandem darüber reden kann, aber so habe ich mir das jetzt auch nicht ausgemalt.

„Sollen wir Sandra anrufen? Dann ist die Runde komplett."

„Die hatte den Verdacht weit vor mir, Süße. Sie wirst du damit nicht mehr überraschen."

„Nicole, wusstest du eigentlich, warum sich Kati in der letzten Zeit fast nur noch von Salzstangen und Ginger Ale ernährt?", frage ich und gehe, begleitet von Katis giftigen Blicken, hinter die Theke.

Ich gebe zu, es war nicht die feine Art, mich mit ihrem kleinen Geheimnis aus einer weiteren Unterhaltung zu flüchten, aber sie scheint es mir nicht übel genommen zu haben. Nicole ist keine Tratschtante, und das weiß meine Schwägerin. Außerdem ist sie wirklich um jede Person froh, mit der sie diese Neuigkeit teilen kann. Da es jetzt allerdings so viele Leute wissen, sollten sie besser nicht mehr lange warten, um es meinen Eltern zu erzählen. Meine Mutter würde es sehr persönlich nehmen, wenn sie es zuletzt erfährt und dann unter Umständen auch noch aus dritter Hand.

„Mama, darf ich mir ein Eis kaufen?“ Anna springt mit wehenden Haaren von der Schaukel und rennt auf mich zu. Nach den letzten Tagen brauchte ich einfach eine Auszeit und bin nach dem Kindergarten mit ihr in den Stadtwald gefahren. Mein Handy ist ausgeschaltet und für den Moment können mir alle den Buckel runterrutschen. Alle, außer Anna.

„Kannst du, aber nur ein kleines“, sage ich und krame in meinem Portemonnaie nach Kleingeld. „Sonst hat du gleich keinen Appetit mehr fürs Abendbrot.“ Ich drücke ihr ein Zwei-Euro-Stück in die Finger, mit dem sie zu dem mobilen Imbissstand abzieht. Entspannt lege ich den Kopf in den Nacken und lasse mir die milde Abendsonne ins Gesicht scheinen, doch Anna kommt schon wenige Sekunden später zurück und legt mir die kalte Eispackung auf den Oberschenkel.

„Kannst du mir das aufmachen?“, fragt sie und schaut mich irritiert an, weil ich sie erbost anfunkele. Sofort entspanne ich meine Gesichtszüge, als mir bewusst wird, wer mich da aufgeschreckt hat.

„Na klar, mein Schatz.“ Ich nehme das Eis und klopfe mit der freien Hand auf den Platz neben mir. „Setzt dich und iss in Ruhe.“

Anna klettert auf die Parkbank und lehnt ihren Kopf an meine Schulter. Ich bin erschrocken, wie groß sie inzwischen schon ist. Vor ein paar Monaten hat sie mir im Sitzen gerade bis an den Oberarm gereicht.

Sie nimmt ihr Eis von mir entgegen und beobachtet mich neugierig, während sie es isst.

„Was ist los? Willst du mir was sagen?"

„Bist du traurig, Mama?"

Die Frage kommt aus heiterem Himmel und verdirbt mir richtig die Laune. Es ist einfach nicht in Ordnung. Sie ist 6 Jahre alt, da sollte man sich über so etwas keine Gedanken machen müssen.

„Wie kommst du darauf?", frage ich sie, denn es interessiert mich sehr, wie dieser Eindruck bei ihr entstanden ist.

„Du lachst nicht mehr viel. Ist das meine Schuld? Weil du so oft schimpfen musst, wenn ich nicht höre?"

Jetzt möchte ich heulen.

„Schatz, das ist ganz großer Unsinn." Es gibt weitaus schlimmere Kinder als meins und eigentlich habe ich mir immer eingeredet, dass ich nicht die Mutter bin, die bei jeder Kleinigkeit gleich losmeckert. Anna empfindet das offensichtlich anders. „Du bist überhaupt nicht schuld.

Wenn ich schimpfe, dann nur, weil ich dir vorher schon mehrmals nett gesagt habe, dass du dein Zimmer aufräumen sollst."

„Was macht dich denn traurig?"

Sie stellt diese Fragen beiläufig, während sie versucht, ihr Eis vom Tropfen abzuhalten, doch ich kenne mein Kind. Sie redet nicht oft über ihre Gefühle, aber wenn sie etwas anspricht, dann belastet sie das auch schon länger.

„Eigentlich nichts, Anna. Ich hab nur sehr viel Stress. Ich bin nicht traurig. Was ist mit dir? Bist du traurig?"

Darüber muss sie nicht nachdenken.

„Ein bisschen. Weil morgen der letzte Kindergartentag ist. Aber das ist okay. Ich freue mich auf die Schule und meine Freundinnen sehe ich da auch."

Kein Wort über ihren Vater. Manchmal scheint sie ihn völlig zu vergessen. Der Zustand hält allerdings nur so lange an, bis er mal wieder aus dem Nichts auftaucht und sich für gefühlte 5 Minuten um sie kümmert.

„Das wird toll, du wirst schon sehen."

„Mama, können wir bald noch mal etwas mit Alex unternehmen?"

„Wir waren doch erst vor ein paar Tagen mit ihm schwimmen."

„Ja, aber ich mag ihn öfter treffen."

Ich auch.

„Ich kann ihn fragen, ob er Sonntag mit zum Essen bei Oma und Opa kommen möchte. Was hältst du davon?"

„Das ist eine gute Idee. Mama, ich muss dir was sagen, aber du darfst es nicht weitererzählen."

„Okay, versprochen." Sie kann so niedlich sein.

„Ich glaube, der Alex ist ein bisschen in dich verliebt." Niedlich, doch wesentlich zu aufmerksam.

„Ach, Quatsch", sage ich und versuche, nicht in Schweiß auszubrechen. „Der ist ja dein Onkel und er ist einfach nur nett zu mir."

7.

Es war keine gute Idee, mein Handy abzustellen. Der Tag wäre einfach nur schön gewesen, hätten wir nicht Steffen nach dem Spielplatzbesuch vor unserer Haustür vorgefunden. Inzwischen bin ich an dem Punkt angelangt, wo ich es hasse, ihn in meine Wohnung zu lassen. Anna zuliebe quäle ich mir natürlich ein freundliches Lächeln ab, aber sobald sie im Bett liegt, werde ich noch ein paar weniger entspannte Worte für ihn haben.

An seinem Äußeren kann man immer abschätzen, wie es ihm gerade geht. Heute sieht er gut aus, gesund. Keine nennenswerten Ringe unter den Augen und saubere, gebügelte Kleidung. So bizarr es klingen mag, doch je besser er aussieht, desto wütender macht er mich. Denn selbst in seinen besten Momenten denkt er nur an sich. Würde er an seine Tochter denken, hätte er sich rechtzeitig angekündigt. Von seinem allgemeinen Desinteresse für sein Kind will ich erst gar nicht anfangen.

Jetzt sitzt er mit Anna in ihrem Zimmer und spielt. Eigentlich ist es für sie längst Zeit fürs Bett, aber spreche ich das nun an, bin ich wieder nur die Spielverderberin.

„Und wenn du in die Schule kommst, dann kaufe ich dir einen Nintendo“, höre ich durch die angelehnte Zimmertür.

Ich muss mich zurückziehen, sonst platzt mir der Kragen.

Steffen darf Anna schon lange nicht mehr ohne Aufsicht mitnehmen, dafür habe ich gesorgt, als er vor 3 Jahren mit ihr in der Wohnung, betrunken und mit Schmerzmitteln zugedröhnt, in einen komaähnlichen Schlaf gefallen ist.

Irgendwann bekam ich einen Anruf von der Bäckerei 3 Häuser weiter, bei denen Anna in Unterwäsche aufgeschlagen ist und nach einem Brötchen gefragt hat. Er hat es nicht bemerkt, dass sie alleine durch die Straße geirrt ist. Ich kann nur von Glück reden, dass Anna meinen Namen sagen konnte und sie deswegen in der Lage waren, über die Auskunft meine Telefonnummer herauszufinden. Nachdem ich meine Tochter eingesammelt und meiner Mutter übergeben hatte, habe ich versucht ihm die Leviten zu lesen, doch er war kaum wachzubekommen.

Er hat zwar nie das Sorgerecht gehabt, aber seitdem darf er sie nur noch unter Aufsicht sehen.

Irgendwo muss ich meinen Frust loswerden. Sandra oder Nicole mag ich nicht schon wieder nerven. Es ist eine Gratwanderung, über solche Dinge mit kinderlosen Freundinnen zu reden. Ich will es nicht zum Dauerthema machen und eigentlich bin ich froh, wenn ich bei ihnen Ablenkung von gerade diesem Aspekt meines Lebens habe. Meine Mutter ist auch schwierig, weil sie sich dann für Tage und Wochen meinen Kopf zerbricht und mir nur noch damit in den Ohren hängt. Sie meint es gut, aber manchmal ist es zu viel.

Also bleibt nur Alex. Ich schicke ihm eine Nachricht, einfach um es jemandem zu erzählen.

- Falls du dich immer noch fragst, was dein Bruderherz treibt … der spielt gerade mal wieder Supervater, inklusive der üblichen, leeren Versprechungen. Manchmal möchte ich schreien. D. –

Mit seiner prompten Antwort habe ich nicht gerechnet.

- Ich bin in 10 Minuten da. A. –

Das war eigentlich nicht mein Plan, doch ich bin froh über seine Unterstützung. Ich hoffe nur, dass die beiden nicht wieder aneinander geraten.

Er steht enorm unter Strom. Abgesehen von seiner Wortkargheit spüre ich das auch in seiner hölzernen Umarmung. Ich weiß nicht, welche Rechnung er jetzt mit Steffen offen hat, aber Alex ist richtig sauer.

„Egal, was es ist, seid nicht so laut“, bitte ich und schiebe ihn gleichzeitig ins Wohnzimmer. Steffen bringt gerade Anna ins Bett und liest ihr noch eine Gute-Nacht-Geschichte vor.

„Keine Sorge, Kleine.“ Er küsst mich auf die Wange und lässt sich auf der Couch nieder.

Steffen ist in der Nähe und schon nennt er mich wieder Kleine, als könnte er mich damit auf Abstand halten. Ich habe das unwiderstehliche Bedürfnis, ihm vor das Schienbein zu treten, doch dann müsste ich ihm erklären, womit er das verdient hat. Es besteht kein Zweifel mehr, dass er mich nicht als kleines Mädchen betrachtet, das heißt allerdings noch lange nicht, dass wir offen darüber sprechen können.

Eindeutig hat Steffen nicht mit ihm gerechnet, denn er schlendert gewohnt selbstgefällig in den Raum, fährt aber fast aus seiner Haut, als er Alex auf der Couch sitzen sieht.

Die beiden sind so extrem unterschiedlich, dass es eine Erleichterung ist. Es würde meine Verliebtheit zu Alexander nur komplizierter machen. Andererseits, wären die beiden sich ähnlich, wäre es vermutlich nie passiert.

„Schläft sie?“, frage ich.

Mit dem Blick auf seinen Bruder geheftet, nickt er nur.

„Kann ich dich sprechen? Draußen?“ Obwohl Alex es als Frage formuliert, ist es eine wenig dezente Forderung, der Steffen sich besser nicht widersetzt.

„Geht es um deine Wohnung? Ich kann das erklären.“

Alex schießt so ruckartig hoch, dass selbst ich kurz zusammenzucke.

„Draußen!“, knurrt er ihn an. „Ela hat genug deiner faulen Ausreden gehört.“ Grob packt er Steffen am Arm und schleift ihn raus. Die Wohnungstür knallt laut hinter den beiden zu und schreckt Anna wieder auf.

„Mama!“, ruft sie weinerlich. Als ich ihre Tür öffne, sitzt sie im Bett und reibt sich müde die Augen. „Was ist passiert? Habt ihr Streit?“

Manchmal wünschte ich, sie wäre nicht ganz so aufmerksam.

„Alles in Ordnung, mein Schatz. Dein Papa hat nur die Tür etwas zu fest zugezogen.“

„Ich hab Stimmen gehört.“

„Alex ist gekommen. Aber du musst jetzt schlafen.“

Sie schiebt die Unterlippe vor, erkennt jedoch an meinem Ton, dass ich heute nicht mehr mit mir verhandeln lasse, auch wenn sie ihn gerne sehen würde.

Ich decke sie noch einmal zu und drücke ihr einen Kuss auf die Stirn, bevor ich mich in den Flur stehle. Durch die geöffnete Badezimmertür, dessen Fenster zur Straße rausgeht, kann ich die beiden hören. Vielmehr Alex, denn Steffen kommt überhaupt nicht zu Wort.

„Es ist immer dasselbe. Jetzt machst du der Kleinen irgendwelche Versprechungen, die du sowieso nicht einzuhalten planst. Wie soll das weitergehen? Denkst du an irgendjemand anderen, als an dich selbst?“

„Alex, ich …“

Steffen will sich rechtfertigen, doch er gibt ihm keine Chance.

„Was es auch ist, spar es dir. Es sind und bleiben wertlose Phrasen. So einen Vater wie dich hat kein Kind verdient.“

Ich will nicht weiter zuhören. Deswegen schließe ich die Tür zum Bad, bevor Anna erneut aufgeschreckt wird. Ehe ich ins Wohnzimmer gehe, öffne ich die Haustür einen Spalt, damit sie nicht klingeln müssen, wenn sie wieder rein wollen.

Entweder haben sie sich die Köpfe eingeschlagen und werden gerade vom Notarzt versorgt oder sie reden tatsächlich mal für 5 Minuten in Ruhe. Da ich in ersterem Fall wohl Sirenen gehört hätte, kann ich mich etwas beruhigen.

Ich stehe an der geöffneten Kühlschranktür und esse geschnittene Wassermelone aus einer Tupperschüssel, als Alex reinkommt. Ohne Steffen.

„Und?“, frage ich knapp und schmeiße mit dem Ellenbogen den Kühlschrank zu. Ich halte ihm die Schüssel hin, doch er schüttelt nur den Kopf.

„Alles beim Alten. Er ist immer noch ein Arschloch und er hat euch nicht verdient.“

„Alex“, seufze ich. „Du musst nicht meine Ehre verteidigen oder was auch immer das werden soll. Ich weiß, wie er ist. Wir spielen dieses Spiel jetzt schon seit ein paar Jahren. Er ändert sich nicht. Die Hoffnung habe ich längst aufgegeben. Davon abgesehen spielt es für mich keine Rolle mehr. Im Gegenteil. Der einzige Grund, warum ich mich überhaupt mit ihm auseinandersetze, liegt hinten in ihrem Zimmer und schläft.“

„Genau das ist es doch, Ela. Wie kann er so mit seinem Kind umspringen? Natürlich ist er der beste Vater, wenn sie ihn sieht. Er macht Versprechungen, ist aufmerksam und liebevoll, um dann für Wochen von der Erdoberfläche zu verschwinden. Das ist einfach nicht okay. Noch findet Anna ihn toll, ganz bald wird sie aber an den Punkt kommen, wo sie merkt, wie wenig sie ihm wert ist. Wenn das passiert, wird es für sie richtig schlimm."

Welche Reaktion erwartet er von mir? Das sind keine Neuigkeiten.

„Warum bist du so aufgebracht? Was erwartest du von mir? Ich tue, was ich kann, um Anna ein normales Leben zu bieten. Ich versuche alles, damit sie dadurch nicht aus dem Gleichgewicht gerät."

Seufzend stellt er sich neben mich und lehnt mit der Hüfte an der Arbeitsplatte.

„Entschuldige. Ich wollte es nicht wie einen Vorwurf klingen lassen. Er macht mich nur unglaublich sauer. Ihr habt das nicht verdient. Anna braucht einen Vater und niemanden, der sich nur sporadisch an sie erinnert. Und du verdienst einen Mann, der bei alldem an deiner Seite ist. Nicht jemanden, der bei einem halbstündigen Besuch deiner Erziehung mit Anlauf in die Kniekehlen tritt. Dieser Vollidiot hat mir natürlich mit Stolz erzählt, was er Anna kaufen will. Und ich weiß genau, wie du dazu stehst. Mit Recht. Eine 6-Jährige, die kurz vor ihrem Schulstart steht, braucht so eine Ablenkung wirklich nicht. Davon abgesehen wissen wir beide, dass er dieses Versprechen nicht einhalten wird."

Ich bin dieses Thema leid, weil wir uns nur im Kreis drehen. Wir können noch so oft darüber reden, eine Änderung erreiche ich dadurch nicht.

„Wo ist er jetzt?", frage ich und verschließe die Schüssel, um sie im Kühlschrank zu verstauen. Die Antwort interessiert mich eigentlich nur bedingt.

„Wer weiß das schon? Vermutlich bei diesem Mädel mit den drei Kindern. Er hat irgendetwas Wirres von einem neuen Job geschwafelt. Von dem großartigen Verdienst würde er dann endlich Unterhalt zahlen. Ich höre da schon lange nicht mehr richtig zu."

„Magst du etwas essen? Wir könnten eine Pizza bestellen." Ich will das Thema einfach nur beenden. Trotzdem mag ich ihn nicht gehen lassen. So egoistisch das auch sein mag.

„Ich möchte dich nicht weiter aufhalten." Er drückt sich von der Küchenzeile ab und macht einen Schritt nach vorne, als wollte er rausgehen, bleibt aber mitten im Raum stehen.

„Was zur Hölle ist los mit dir, Alex? Du verspürst sonst nicht das Bedürfnis, wie ein Racheengel reinzustürmen, wenn Steffen sich mal wieder blicken lässt. Und vor allem verschwindest du nicht anschließend einfach."

Ich gehe auf ihn zu und lege eine Hand auf seine Schulter, doch er dreht sich nicht zu mir um.

„Wenn ich dir sage, warum ich hier bin und warum mich das besonders wütend macht, dann mache ich alles kaputt."

„Wovon sprichst du?" Vielleicht habe ich ein Brett vor dem Kopf, aber ich kann sein Verhalten nicht deuten.

„Ich liebe dich, Ela. Und ich meine das nicht in einem geschwisterlichen Sinne. Ich bin schon so lange in dich verliebt, dass ich nicht weiß, wie es sich anders anfühlt. Und ich liebe Anna wie meine Tochter. Für mich fühlt es sich an, als wäre sie mein Kind. Verdammt, ich war derjenige, der mit im Kreißsaal war und der ihre Nabelschnur durchgeschnitten hat. Hast du dich nie gefragt, warum ich bisher jede

Beziehung in den Sand gesetzt habe? Warum Tina die Flucht ergriffen oder warum Karin irgendwann erschöpft das Handtuch geschmissen hat? Weil ich ständig nur euch im Sinne hatte. Weil ich kaum dein Gesicht aus dem Kopf bekommen konnte, wenn ich sie geküsst habe. Keine Frau hält es mit mir aus, weil sie alle sehr schnell spüren, dass ich mit meinen Gedanke hier bei dir bin. Ich bin immer für euch da. Meine Aufmerksamkeit und meine Liebe haben keine Bedingungen. Ich gehe auch nicht weg, wenn es mal anstrengend wird. Auf eine verrückte, naive Weise habe ich das Gefühl, das zu verdienen. Ihr seid alles, was ich will. Du bist alles, was ich will." Er zittert unter meiner Hand. Ich bin nicht mehr im Stande, mich zu rühren.

„Alex, ich … ich weiß nicht, was ich sagen soll." Das war die falsche Reaktion, denn er verspannt sich spürbar.

„Es ist okay, du musst nichts sagen. Ich hätte es besser auch nicht getan." Und dann geht er einfach. Ich bin nicht in der Lage, ihn zurückzuhalten.

Mir war nicht bewusst, dass man vor Erleichterung und gleichzeitiger Panik in einen kombinierten Lach- und Heulanfall ausbrechen kann, aber jetzt bin ich schlauer.

8.

„ … ich weiß nicht, was ich sagen soll.“

Es gibt keinen Satz, den ich bisher mehr bereut habe. Irgendetwas hätte ich sagen können. Sagen müssen. Zumindest eine Andeutung, damit er sieht, dass er nicht alleine ist. Stattdessen habe ich ihn voll abblitzen lassen und er kommt sich jetzt vermutlich vor wie der letzte Idiot.

Es macht kaum einen Unterschied, dass wir nicht zusammen sein dürfen. Das war nicht die richtige Reaktion.

Sandra beobachtet mich mit einer unheimlichen Stille, während ich ihr mein Herz ausschütte. Sie hat es tatsächlich schon lange vermutet, doch das Ausmaß war ihr nicht bewusst. Immer wieder trinkt sie von ihrem Weinglas und lässt mich einfach nur reden. Irgendwann habe ich keine Worte mehr.

„Ich weiß nicht recht, was ich dir raten soll, Süße.“ Sie greift nach meiner Hand und lächelt mich mitleidig an. Mein Glas ist bereits leer, aber ihre Reaktion weckt das Bedürfnis, mir die halbvolle Weinflasche vom Tisch zu nehmen und direkt daraus zu trinken. Leider ist Alkohol auch keine Lösung. Zumindest keine langfristige.

„Ich weiß selbst, dass es keinen Weg für uns gibt.“

„Das würde ich nicht sagen, Dani. Wenn ihr es beide wollt und euch sicher seid. Ihr seid nicht blutsverwandt. Es ist nicht so, als wäre das illegal. Nur müsst ihr unter Umständen mit einer Menge Gegenwind rechnen.“

Ganz toll. So weit war ich auch schon, doch dazu hab ich nicht die Kraft. Weil es nicht bloß um mich geht, sondern in erster Linie um Anna. Sie ist diejenige, die das verarbeiten muss, die nachher gehänselt wird, weil ihre Mutter mit ihrem Onkel zusammen ist.

Bei dem Wort alleine schüttelt es mich schon. Onkel, egal welchen Alters, sollten nicht so verflucht sexy sein.

„Es gibt keine glatte Lösung in diesem Fall. Ich sollte es mir einfach aus dem Kopf schlagen."

„Überstürz das nicht, Süße. Irgendwann bereust du es vielleicht."

Nicht bloß irgendwann, noch im selben Augenblick.

Heute wäre unsere Verabredung gewesen, aber das hat sich ja nun erledigt. Vor anderthalb Stunden hätte ich Alex in Dortmund treffen sollen und er scheint mich nicht zu vermissen, sonst hätte er sich wohl gemeldet. Wenn ich er wäre, dann hätte ich mich auch nicht mehr erwartet.

Anna ist trotzdem bei meinen Eltern, also beinhaltet mein Abend eine Menge Alkohol und Eiscreme. Ob mit oder ohne Sandra, ist mir im Augenblick schnuppe, denn sie ist ohnehin auf dem Sprung.

„Ich bin mit Gregor für einen Kinoabend verabredet. Er wartet auf mich. Kommst du klar? Sonst sag ich ihm ab."

Das Angebot weiß ich zu schätzen, aber wegen meinem Drama werde ich sie nicht von einem Date mit ihrem Liebsten abhalten.

„Geh du zu deinem Mann. Ich komme zurecht … mit Rotwein und meinen besten Freunden *Ben & Jerry*."

Sandra lacht, auch wenn es eher mitleidig klingt.

„Falls du morgen Abend Zeit hast, kann ich ja mit Nicole nochmal vorbeikommen und mehr Wein mitbringen. Montag hab ich frei, also darf ich mich Sonntagabend hemmungslos betrinken."

Sie ist die Beste.

Ich bringe sie noch zur Haustür und schließe hinter ihr ab, bevor ich meine Kleidung abstreife. Eine heiße Dusche ist jetzt genau das, was ich brauche. Vor dem Alkohol. Ich habe vielleicht Liebeskummer, aber ich bin nicht lebensmüde und stelle mich betrunken unter die Dusche.

In den letzten Jahren hatte ich durchaus meine Abenteuer, mit Männern und mit Frauen. Manchmal auch mit beiden gleichzeitig. Das macht mich nicht zu einer Schlampe, dennoch ist mir bewusst, dass es etwas ist, mit dem man besser nicht hausieren geht. Vor allem, wenn man Mutter ist.

Anna hat in all der Zeit nie jemanden kennengelernt, weil ich nach Steffen nie wieder eine richtige Beziehung hatte und ich meinem Kind nicht meine durchlaufenden Bekanntschaften vorstelle. Es hat noch kein Mann in meinem Bett geschlafen, was in meinem Alter durchaus erwähnenswert ist. Unsere Wohnung ist für mich etwas Heiliges, das ich mit solchen Dingen nicht beschmutze. Das klingt sehr negativ, als würde ich mich dafür schämen, aber so meine ich es nicht. Nur kann ich es nicht brauchen, dass hier unverhofft irgendwelche Affären auftauchen, die eine unmissverständliche Abfuhr nicht verstehen.

Umso mehr kann ich mir vorstellen, an einem gemütlichen Sonntagmorgen neben Alex aufzuwachen. Ich weiß auch nicht, warum ich über all das nachdenke, während ich unter der Dusche stehe, statt einfach zu versuchen, mich zu entspannen. Vielleicht liegt es daran, dass ich seit Wochen keinen Orgasmus hatte und außer Stande bin, mir selbst einen zu verschaffen. Mein Körper fühlt sich die halbe Zeit wie betäubt an. Oder es ist nur mein Kopf, der nicht bei der Sache ist. Ich würde es ja auf den Stress schieben, aber ehrlich gesagt habe ich seit dem Abbruch meines Studiums mehr Zeit als zuvor, obwohl ich eine höhere Stundenzahl im *Trudi's* arbeite. Das wird sich ändern, sobald wir im September mit dem Umbau beginnen, doch bis dahin ist es recht entspannt.

Es gibt nur eine Situation, in der ich sofort meinen gesamten Körper wieder spüre: Und zwar wenn Alex in der Nähe ist. Das macht es nicht leichter, sich von ihm abzulenken. Auch andere Männer können mich nicht mehr reizen. Ehrlich gesagt nehme ich sie kaum noch wahr.

Ich merke, wie sich meine Schultern verspannen, obwohl ich unter der warmen Dusche stehe. Also gebe ich entnervt auf und drehe den Wasserhahn ab. Ich angele mir ein Handtuch von dem Stapel neben dem Waschbecken und steige auf die Badematte, um meine Haare in einen kleinen Turban einzudrehen und mich dann mit einem weiteren Handtuch abzutrocknen. Der Rotwein lässt mich doch etwas unsicher auf den Beinen stehen, während ich mich eincreme. Meine Zehen könnten bald wieder eine Enthaarung vertragen.

Was für ein Leben. Unglücklich verliebt und behaarte Kartoffelzehen. Das hysterische Lachen, welches in dem Moment aus meiner Kehle dringt, ist mir selbst fremd. Ich lache so sehr, bis mir fast die Tränen runterlaufen. Wenn ich nah am Wasser gebaut wäre, hätte ich vermutlich schon längst angefangen zu heulen.

Es klingelt an der Haustür und ich lasse vor Schreck die Flasche Bodylotion auf den Boden fallen. Eine weiße Spur zieht sich über die Badematte in Richtung Toilette. Es sieht aus, als hätte jemand auf die Matte ge… Schluss jetzt! Meine sexuelle Durststrecke lässt mich inzwischen in allem etwas Schmutziges erkennen.

Wieder klingelt es an der Tür. Dabei hatte ich fest beschlossen, mich tot zu stellen. Ich bin heute mit niemandem mehr verabredet. Außer mit *Ben & Jerry*. Seufzend ziehe ich meinen schwarzen Satin-Morgenmantel über und löse den Handtuchturban auf meinem Kopf, um meine Haare auszuschütteln, als auch noch mein Handy im Wohnzimmer losplärrt.

Da ist aber jemand ungeduldig.

Mit offenem Bademantel mache ich mich auf die Suche nach meinem Telefon. Es liegt auf der Kommode vor dem Fernseher. **Alex ruft an**, leuchtet es mir vorwurfsvoll entgegen. Mein Herz stolpert für einen Moment und ein warmes Gefühl breitet sich in meinem Bauch aus. Steht er etwa vor der Tür?

„Hallo?“, melde ich mich mit dünner Stimme. Ich habe immer noch ein schlechtes Gewissen.

„Mach die Tür auf, Ela! Ich weiß, dass du zu Hause bist.“ Er klingt außer Atem und etwas erbost.

Ich beende das Gespräch und gehe direkt zur Wohnungstür, um ihm aufzudrücken. Im letzten Moment fällt mir ein, dass ich besser meinen Morgenmantel schließen sollte.

Als ich ihm schließlich öffne, steht er schon auf der Fußmatte und funkelt mich wütend an.

„Was soll das, Ela?“, meckert er mich an. „Ich weiß, dass ich Scheiße gebaut habe, aber deswegen musst du mich nicht sitzen lassen. Eigentlich hatte ich gehofft, dass wir trotz allem noch Freunde sind. Das ist einfach nicht in Ordnung. Wir hatten ein Date und ich habe auf dich gewartet.“

Jetzt fällt ihm auf, dass ich nicht wirklich viel am Körper trage und dass sich meine harten Nippel deutlich durch den dünnen Satinstoff abzeichnen, doch er lenkt seinen Blick schnell wieder auf mein Gesicht.

Ich ziehe ihn in die Wohnung und schließe die Tür. Schließlich muss das nicht die gesamte Nachbarschaft mitbekommen.

„Spinnst du?“, fauche ich ihn an. „Du knallst mir an den Kopf, dass du mich liebst und dann lässt du mich stehen. Was hast du denn erwartet? Dass ich das hinnehme und dich begleite, ohne dass wir vorher darüber gesprochen haben? Sag mir, wie ich darauf reagieren soll? Ich habe keine Ahnung, wie ich mich verhalten soll.“ Ich hasse es, dass meine Stimme anfängt zu zittern, wenn ich emotional werde. Es gefällt mir nicht, schwach zu klingen.

„Zum Beispiel damit, dass du mir sagst, wie du fühlst.“ Er greift nach meiner Hand. Die Wärme seiner Haut nimmt mir für einen Augenblick die Fähigkeit, ein Wort zu formulieren.

„Was spielt es denn für eine Rolle? Es würde die ganze Geschichte nur komplizierter machen. Du bist der Onkel meiner Tochter.“

„Also fühlst du etwas für mich.“ Er zieht mich an sich, sodass ich nur wenige Zentimeter vor ihm stehen bleibe. Der Gürtel meines Morgenmantels löst sich, weil ich ihn in der Eile zu nachlässig gebunden habe. Wenn er jetzt nach unten schaut, sieht er deutlich den Ansatz meiner Brüste.

„Du musst mir schon antworten, Ela. Ja oder nein?“

Ich nicke nur, denn es auszusprechen, wage ich nicht.

„Ist Anna hier?“

„Nein“, sage ich heiser. Er steht ganz nah vor mir und ich spüre jede Faser meines Körpers, als würde ich aus einem Tiefschlaf erwachen.

Grinsend schaut Alex auf mich hinab. „Du zitterst“,

bemerkt er, bevor es mir selbst auffällt.

„Du bist plötzlich so nah“, sage ich, obwohl das wahrscheinlich nur in meinem Kopf Sinn macht.

„Ich war immer nah, Ela. Du hast mich nur nie gesehen.“ Er legt mir eine Hand in den Nacken und streichelt mit dem Daumen über meine Ohrmuschel. Diese Berührung hilft nicht gerade gegen mein Zittern.

„Ich hab dich gesehen, Alex. Nur hab ich mir nicht erlaubt, genauer hinzuschauen.“

„Das hättest du besser getan. Dann wärst du jetzt nicht überrascht.“

Ich will wieder sagen, dass wir das nicht dürfen, aber nur dieses eine Mal verkneife ich es mir.

„Alex“, seufze ich, als er meinen Morgenmantel mit der freien Hand vollständig öffnet und über meine Schultern auf den Boden rutschen lässt. Ich stehe splitterfasernackt vor ihm und er sieht mir nur ins Gesicht. Er macht noch nicht mal einen Versuch, unauffällig an mir runterzuschauen.

Lächelnd kommentiert er meine fragende Miene: „Ich muss nicht hinschauen, um zu wissen, dass du perfekt bist. Aber wenn du mich mit in dein Bett nimmst, werde ich natürlich mehr als nur einen Blick riskieren.“

Es ist verboten und deswegen so erregend, diese deutlichen Worte zum ersten Mal aus seinem Mund zu hören. Immer noch streichelt er meine Ohrmuschel. Ich denke nicht, dass ihm bewusst ist, wie sensibel ich an dieser Stelle bin.

Meine Nippel reiben über den weichen Stoff seines Hemds, so eng stehen wir beisammen.

„Nimm mich mit in dein Bett, Ela. Nur dieses eine Mal.“

9.

Nur dieses eine Mal? Ich weiß nicht, ob das schließlich der Grund ist, warum ich alle Barrieren fallen lasse, denn eigentlich macht mich der Gedanke traurig. Doch in diesem Augenblick spielt es keine Rolle. Alex will mich und ich will Alex.

Endlich darf ich ihn berühren. So dringend ich auch an seinen warmen Körper will, viel größer ist mein Bedürfnis, sein hübsches Gesicht unter meinen Fingerspitzen zu spüren und ihn zu küssen. Ich hebe die Hände und lege sie auf seine Wangen. Seufzend schließt er die Augen und lehnt sich in meine Berührung. Mit dem Daumen fahre ich über seine vollen Lippen und die Narbe an seiner Oberlippe. Eine Narbe, die er sich für mich zugezogen hat, da bin ich mir inzwischen ziemlich sicher. Steffen kann ihn nur reizen, wenn er Anna oder mich schlecht behandelt. Über ihn möchte ich jetzt nicht nachdenken.

Alex nutzt den Moment und legt die Hände auf meine Taille, um mich ganz an sich zu ziehen. Jetzt spüre ich deutlich seine Erektion, die in der dünnen Anzughose kaum zu verbergen ist. Das Verlangen mich an ihm zu reiben, ihn in mir zu fühlen, ist übermächtig. Aber zuerst muss ich seinen Mund haben. Er hat immer noch die Augen geschlossen, als ich meine Lippen auf seine presse. Gleich beim ersten Kontakt nimmt er einen tiefen Atemzug durch die Nase, als könnte er seit langer Zeit endlich durchatmen. Vorsichtig küsse ich seine Unterlippe und spüre, wie seine Erektion zwischen uns weiter wächst. Alex tastet sich mit der Zunge vor und bringt beinahe meine Knie zum Einknicken. Damit das nicht passiert, lege ich meine Arme um seinen Hals, während wir uns küssen. Ich necke seine Zunge, die mit meiner spielt, seine Hände auf meinen Hüften, die langsam zu meinem Po hinunterwandern.

„Alex“, stöhne ich an seinem Mund. Ich kann nicht glauben, dass das hier gerade stattfindet.

„Willst du mich, Ela? Letzte Chance für einen Rückzieher.“ Davon abgesehen, dass er ungeachtet dieser Frage seinen Ständer an mir reibt, sind wir weit über den Punkt hinaus, jetzt noch aufzuhören.

„Dafür ist es zu spät.“

Von ihm höre ich nur eine Mischung aus Stöhnen und Knurren, bevor er mich mit einer überraschenden Leichtigkeit hochnimmt und achtlos die Schlafzimmertür auftritt, durch die er mich trägt. Mit routinierter Sicherheit legt er mich im Halbdunkeln auf dem Bett ab und bleibt erst einmal über mir stehen, um mich anzusehen.

„Du hast keine Ahnung, wie oft ich mir das vorgestellt habe.“

Nein, das habe ich tatsächlich nicht. Es ist auch besser so, denn dieses Wissen hätte mir mein Leben nicht leichter gemacht.

„Du hast keinen Schimmer, wie oft ich mich zu dieser Vorstellung schon selbst berührt habe“, sage ich und setze mich auf, um ihn am Hosenbund zu mir zu ziehen. Staunend sieht Alex auf mich runter und streichelt mir über die Wange, aber als ich mit dem Daumen über die Konturen seiner Erektion streiche, schließt er keuchend die Lider.

„Ich will dich schmecken“, sage ich, als ich mich an seinem Gürtel zu schaffen mache.

Bevor ich seinen Hosenknopf öffnen kann, hält er meine Hände fest und sieht mir in die Augen. Er will mich zurückhalten, doch ich komme ihm zuvor.

„Alex, wenn du glaubst, dass ich aufhöre, dann hast du dich geschnitten. Seit Wochen reibst du dich bei jeder Gelegenheit an mir und sendest eindeutige Signale. Jetzt kannst du dir dein Gewissen sonst wohin schieben. Ich werde innerhalb der nächstens halben Stunde mindestens einen Orgasmus haben. Ob mit dir oder ohne dich."

Mit einem verschlagenen Grinsen lässt er meine Hände los und knöpft sich das Hemd auf. „Gib mir eine Stunde und ich tippe auf drei."

„Sehr selbstbewusst, Mister. Du warst noch nicht einmal in meinem Höschen und glaubst, beurteilen zu können, was mich dazu bringt, zu kommen."

„Die Weisheit des Alters", sagt er und zwinkert mir zu. Er wirft sein Hemd hinter sich auf den Boden und lässt die Hose mit Schuhen und Socken gleich folgen. Da er sich ohne meine Hilfe auszieht, lasse ich mich aufs Bett zurücksinken und beobachte ihn ausgiebig. Zwar hab ich Alex in Badehose gesehen, aber da habe ich mir nie erlaubt, ihn schamlos zu bewundern. Obwohl er vollständig nackt ist, nehme ich mir Zeit, seinen perfekten Körper zu betrachten.

Viele oberflächliche Dinge werden als attraktiv und sexy angesehen, doch es gibt nichts Heißeres als einen Mann, der sich zu 100 Prozent wohl in seiner Haut fühlt. Das ist bei Alex eindeutig der Fall, denn er lässt mich den Anblick genießen, ohne einen Anflug von falscher Scham zu zeigen. Er ist nackt, er ist beeindruckend gut bestückt und er ist hart.

„Ich hatte ja meine Vorstellungen", sage ich und spreize meine Beine ein Stück. „Aber die Realität übertrifft meine

Fantasie bei Weitem."

Alex steht immer noch auf der Stelle und nimmt seinen Ständer in die Hand, um ihn leicht auf und ab zu massieren, während er eindeutig auf den kleinen Ring schaut, der meine Klitoris schmückt.

„Und mir wird gerade bewusst, wie wenig du doch das unschuldige Mädchen bist, das ich mir eingeredet habe."

„Ich war niemals unschuldig, Alex." Das ist wirklich der falsche Begriff, für eine alleinerziehende Mittzwanzigerin, die sowohl mit Männern als mit Frauen ins Bett geht. Und jetzt auf dem besten Weg ist, mit ihrem … besser nicht dran denken. Für den Bruchteil einer Sekunde war ich kurz davor, mich selbst zu ohrfeigen, um mich von diesem Gedanken abzubringen.

„Das begreife ich allmählich." Er kniet sich zwischen meine gespreizten Schenkel und drängt mich ein Stück Richtung Kopfende, bevor er sich auf mich legt. Seine Erektion liegt direkt auf meiner Spalte und fühlt sich unglaublich warm an, aber vielleicht ist es auch nur meine eigene Hitze. Alex nimmt mein Gesicht in seine großen Hände, doch er bewegt sich zuerst nicht.

„Ela", seufzt er und küsst zärtlich meine Mundwinkel. Obwohl er fast in mir ist, nimmt er sich Zeit, mich anzusehen.

„Alex!" Ungeduldig dränge ich ihm mein Becken entgegen und reibe dabei seine Härte über meinen geschwollenen Kitzler.

„Halt still", flüstert er an meiner Wange. „Wir haben Zeit. Die will ich auskosten."

Dennoch bewegt er einmal seine Hüften und verteilt dabei die sich ansammelnde Feuchtigkeit. Wenn er das noch ein paar Mal macht, dann brauche ich nicht mehr, um zu einem

Höhepunkt zu kommen. Unbewusst verkrampfe ich meine Finger in seinem Rücken. Ich zittere am ganzen Körper. Ob vor Erregung oder Aufregung kann ich nicht benennen. Vermutlich eine gute Portion von beidem. Lange habe ich von dem hier geträumt, umso schwerer ist es, das jetzt als Realität zu verarbeiten.

Ich spüre ihn mit jeder Faser und bin kaum in der Lage, mich zu rühren, als er sanft an meinem Hals saugt und sich langsam zu meinen Brüsten vorarbeitet. Meine Atmung geht so heftig, dass ich mich selbst bremsen muss, um mich nicht in eine Panikattacke reinzusteigern.

Alex ist inzwischen bei meinen Nippeln angelangt und sieht zu mir hoch, während er einen nach dem anderen zwischen seine Lippen saugt. Mein Intimpiercing fühle ich jetzt bei der geringsten Bewegung, weil mein Kitzler so sensibilisiert ist. Ich winde mich unter ihm und will ihn einfach nur in mir spüren, doch er hat anderes im Sinn. Er küsst meinen Bauch, wandert aber noch mal zu meinen Nippeln hoch und saugt sie beinahe schmerzhaft fest in seinen Mund, bevor er sie wieder entlässt. Ich habe keine besonders große Oberweite, dennoch mag ich meine kleinen Brüste, die eine Schwangerschaft ohne nennenswerte Schwerkraftschäden überstanden haben. Auch Alex scheint nicht genug von ihnen zu bekommen.

„Du schmeckst so gut“, stöhnt er und schiebt meine Schenkel ein Stück weiter auseinander. Jetzt kniet er mit aufrechtem Oberkörper zwischen meinen Beinen und betrachtet mich. Seinen Ständer reibt er nun völlig bewusst an meiner Spalte und genießt es, wie ich mich unter ihm aufbäume.

„Willst du mich?“, fragt er mit rauer Stimme.

„Alex, bitte!“, flehe ich und versuche ihn wieder zu mir herunterziehen. Er schüttelt den Kopf.

„Sag es!“, fordert er und hält meine Schenkel auseinander. Das Schlafzimmer ist zwar kaum beleuchtet, doch selbst unter grellstem Licht würde ich mich in dieser Position vor ihm nicht entblößt fühlen. Ich vertraue ihm. Wie sehr, das wird mir erst jetzt richtig deutlich.

„Ich will dich.“ Ich liebe dich, aber das kann ich nicht sagen.

„Oh, Ela“, seufzt er und greift unter meine rechte Kniekehle, um mein Bein anzuheben und meinen Fuß auf seiner Schulter aufzulegen. Zärtlich küsst er mein Fußgelenk. „Eigentlich wollte ich erst testen, wie sich dieser kleine Ring da auf meiner Zunge anfühlt, doch das muss noch etwas warten.“ Mit der freien Hand testet er kurz, ob ich für ihn bereit bin und dringt dann langsam, aber mühelos, in mich ein.

Alex hält inne und beobachtet mich aufmerksam. Er stellt sicher, dass ich okay bin, ohne die Frage stellen zu müssen. Worte könnten in diesem Moment viel zerstören.

Weil er sich nicht bewegt und ich ihn dadurch in mir pulsieren spüre, erzittert mein Körper unter einem wohligen Schauer. Das bemerkt Alex mit einem selbstgefälligen Grinsen. Mit dem Daumen fährt er nacheinander über meine harten Nippel, was dazu führt, dass ich mich um ihn verkrampfe. Stöhnend schließt er die Augen.

„Mach das noch mal“, fordert er leise. „Das fühlt sich verflucht gut an.“

Jetzt spanne ich mich bewusst an, obwohl durch seinen beachtlichen Umfang gar nicht viel Raum bleibt.

„Oh Gott“, keucht er und schiebt sich über mich. Für

einen Moment glaube ich, dass er schon gekommen ist, weil er so zittert, doch er nutzt diese Position nur, um sich mit mir umzudrehen und mich hochzudrücken, bis ich auf ihm sitze. Dadurch rutscht er so tief in mich, dass ich kurz nach Luft schnappe.

„Hab ich dir wehgetan?“, besorgt sieht er zu mir hoch und streichelt meine Wange.

„Nein, Alex. Alles in Ordnung. Du bist nur mehr, als ich gewohnt bin.“

Er bemüht sich, aber das süffisante Grinsen kann er sich nicht verkneifen. Männer.

Eine kleine Bewegung reicht, um diesen Ausdruck aus seinem Gesicht zu bekommen und durch einen leicht glasigen Blick zu ersetzen.

„Du bist sehr eng. Ich weiß nicht, wie lange ich mich zurückhalten kann.“

Ich beuge mich zu ihm herunter, um ihn küssen zu können. „Halt dich nicht zurück“, flüstere ich. „Ich will sehen, wie du dich gehen lässt.“

Mit den Ellenbogen stütze ich mich neben seinem Kopf auf, damit ich mich leichter auf ihm bewegen kann, doch er hält meine Hüften fest.

„Ich brauche einen Moment. Ernsthaft, Ela“, keucht er zwischen zusammengebissen Zähnen und beißt sich so hart auf die Unterlippe, dass ich Angst habe, er durchbricht die feine Hautschicht. Ich unternehme keinen weiteren Versuch, mich zu rühren und küsse stattdessen seinen Mund, bis er endlich aufhört, sich selbst zu verletzen.

Ich will spüren, wie er kommt, auch wenn es jetzt schon so weit ist, aber er möchte es offensichtlich nicht.

„Wir haben die ganze Nacht“, flüstere ich an seinem

Mund. Dass es unsere einzige Nacht bleiben wird, darüber darf ich nicht nachdenken.

Alex nimmt seine Hände von meinen Hüften, um sie auf meine Wangen zu legen. „Nicht bewegen!“, fordert er und zwinkert mir zu, bevor er zärtlich meine Oberlippe küsst. Mir läuft ein Schauer nach dem anderen über den Rücken. Ich brauche mehr. Ihn in mir pulsieren zu spüren und nichts tun zu dürfen, ist pure, bittersüße Folter.

„Alex“, flüstere ich und vergrabe mein Gesicht in seiner Halsbeuge. „Wenn du mich noch länger hinhältst, dann nehme ich den batteriebetriebenen Helfer aus meinem Nachttisch.“

Das ist mein Ernst. Seit Wochen kann ich an nichts anderes denken, als ihn zwischen meinen Schenkel zu haben. Doch jetzt, wo es endlich so weit ist, lässt er mich am langen Arm verhungern. Dabei habe ich das Gefühl, an der Schwelle zu einem markerschütternden Höhepunkt zu stehen.

Mit festem Griff packt Alex in meine Haare. „Ich bin der Einzige, der in dir ist. Verstanden?“ Die Worte kommen so ungewohnt dominant und besitzergreifend, dass ich gar nicht anders kann, als an seiner Wange zu nicken.

„Gut“, sagt er zufrieden. Mit einer Geschwindigkeit, bei der ich nur noch überrascht aufschreien kann, dreht er uns beide um, bis er auf mir liegt. Dadurch bewegt er sich natürlich auch in mir, was dazu führt, dass er gequält aufstöhnt.

Er will sich auf die Fersen setzen, doch ich ziehe ihn zu mir. „Bleib bei mir“, sage ich mit mehr Emotion, als ich eigentlich in meine Stimme legen wollte.

„Immer!“, antwortet er. Seine Antwort, genau wie meine Bitte, ist nicht bloß auf diesen Moment bezogen. Endlich stützt er sich über mir ab und bewegt sich langsam mit mir. Ich kann ihm gar nicht nah genug sein und möchte jedes Mal protestieren, wenn er sich ein Stück aus mir zurückzieht. Gemeinsam bewegen wir uns in einem trägen Rhythmus, als hätten wir nie etwas anderes getan. Er ist mir unendlich vertraut und doch in dieser Situation aufregend neu. Und immer noch fühlt es sich verboten an, was es aber nur erregender macht.

Alex küsst meinen Hals und meine Schulter. Seine Bewegungen werden fahriger und sein Atem geht schwerer. Er versucht mit aller Gewalt, sich zurückzuhalten.

Auch ich brauche nicht mehr viel, um zu kommen, also führe ich eine Hand zwischen uns, um etwas nachzuhelfen. Als Alex klar wird, was ich dort tue, hält er sofort still.

„Ich bin so kurz davor …“ Verzweifelt sieht er auf mich runter. „Und das hilft nicht gerade.“

Ich nehme meine Hand weg, aber nur um Zeige- und Mittelfinger zwischen seine Lippen zu schieben. Er versteht gleich, was ich von ihm will und befeuchtet die Fingerspitzen mit seiner warmen Zunge, die ich wieder auf meinen Kitzler lege und damit sanft den kleinen Ring bewege und massiere. Automatisch schließen sich meine Augen und ich genieße es, mich selbst zu liebkosen, während er in mir ist. Nicht mehr viel …

„Das nächste Mal möchte ich das mit meinem Mund machen“, flüstert Alex in mein Ohr und knabbert leicht an meinem Ohrläppchen. Die Vorstellung, meine Finger mit seiner Zunge zu ersetzen, reicht, um einen mehr als überfälligen Höhepunkt bei mir auszulösen, der mich heftig um ihn pulsieren lässt. Mit der freien Hand kralle ihn mich in seinen Rücken, damit er sich bloß nicht zurückzieht. Das hat er nicht vor. Stattdessen bewegt er sich jetzt in harten Stößen in mir. Kurz saugt er sich an meinem Hals fest, bis auch ihn nichts mehr zurückhält und er sich mit einem tiefen Stöhnen in mir ergießt.

Er rollt sich schnell zur Seite, ehe er über mir zusammenbricht. Bevor ich mich beklagen kann, schließt er mich in seine Arme.

„Ich muss dir was gestehen“, sagt er kleinlaut und immer noch etwas atemlos.

„Mir ist durchaus aufgefallen, dass du kein Gummi benutzt hast. Keine Sorge, ich nehme die Pille“, versuche ich ihm zuvorzukommen, doch darauf wollte er gar nicht hinaus.

„Das weiß ich, aber das meine ich nicht.“ Er legt sich auf den Rücken und zieht meinen Kopf an seine Schulter. Mit den Fingerspitzen streicht er über meine Halsbeuge. „Ich fürchte nur, ich hab dir einen Knutschfleck verpasst.“

Na wunderbar. Nicht genug, dass ich Sex mit meinem Fast-Schwager hatte, jetzt hat er auch noch Spuren hinterlassen.

10.

Es ist noch früh, doch ich bin hellwach. Meine Augen öffne ich lange genug, um zu sehen, dass die Sonne gerade aufgeht. Er liegt nicht mehr neben mir, das spüre ich, auch wenn ich ihn überall um mich herum riechen kann. Ich weiß nicht, ob ich über seine Abwesenheit erleichtert sein soll.

Grummelnd strecke ich meine Glieder aus und bemerke das wunde Gefühl einer durchvögelten Nacht. Alex hat mich noch zweimal geweckt. Beim ersten Mal mit einer gewissen Dringlichkeit, als könnte er es nicht eine Sekunde länger ertragen, nicht in mir zu sein. Beim zweiten Mal war er so zärtlich und langsam, dass ich mir zwischendrin nicht sicher war, überhaupt schon wach zu sein.

Nur an seine Hände zu denken, wie sie meinen Körper erkunden, verursacht einen heftigen Aufruhr der Schmetterlinge, die in meinem Bauch im Augenblick Dauergast sind.

Die letzte Nacht war perfekt, trotzdem kann ich das unterschwellige Gefühl von Reue nicht unterdrücken.

Nur widerwillig schwinge ich mich aus dem Bett und schnappe mir ein T-Shirt vom Korbsessel neben dem Nachttisch und einen Slip aus der Kommode unterm Fenster. Zwar brauche ich dringend eine Dusche, dringender benötige ich jedoch einen Kaffee. Auch wenn ich alleine zu Hause bin, laufe ich im Normalfall nicht nackt rum, besonders weil meine Küche vom Nachbarhaus sehr gut einzusehen ist. Meine Haare bestehen aus einem wilden Nest, also gebe ich mir damit gar keine Mühe.

Auf bloßen Füßen schlurfe ich in die Küche. Ich nehme den Geruch von frischem Kaffee wahr, verstehe es aber erst, als ich Alex auf dem Balkon sehe. Er sitzt mit dem Rücken zur Tür und balanciert eine halbvolle Kaffeetasse auf seinen Beinen, während er auf seinem Handy herumtippt.

Ich dachte, er wäre abgehauen, doch ich bin froh, dass er hier ist.

In der Maschine ist noch genug Kaffee für mich und eine Tasse mit Milch steht vorbereitet auf der Arbeitsplatte daneben. Bumblebee hat er auch gefüttert, die sich jetzt träge hinter ihm auf der Fensterbank räkelt.

Ich schütte mir den schwarzen Wachmacher ein und stelle mich in den Rahmen der offenen Tür. Alex tippt eine Nachricht zu Ende und schiebt das Handy in seine Hosentasche, bevor er kommentarlos meinen Oberschenkel umfasst und mich direkt seine Seite zieht. Die Wärme seiner Hand, nah an meiner Spalte, bringt eine Flut von Erinnerungen mit sich.

„Ich dachte, du wärst gegangen", sage ich leise.

Alex nimmt einen Schluck aus seiner Tasse und stellt sie auf dem Boden ab.

„Ich konnte nicht mehr schlafen, aber ich wollte dich auch nicht wecken. Schon wieder. Außerdem lasse ich dich nach letzter Nacht ganz sicher nicht einfach alleine. Wofür hältst du mich?" Er umschlingt meine Hüften und zieht mich zwischen seine Knie. Seine Kleidung sieht genauso mitgenommen aus wie meine Haare. Das Hemd hat er sich nur übergeworfen, aber nicht zugeknöpft. Ich würde ihn am liebsten gleich wieder mit ins Bett nehmen.

Seufzend legt er seine Stirn an meinen Bauch und lässt mich seinen heißen Atem spüren. Das mildert mein Verlangen nicht gerade.

„Alex, was tun wir hier?“, frage ich leise und greife in seinen vollen Haarschopf, um seinen Blick nach oben zu lenken.

Wir haben es uns nur schwerer gemacht. Ich weiß nicht, wie ich ihn jetzt noch gehen lassen kann, ohne daran zu zerbrechen.

„Ich hab keine Ahnung, aber ich weiß auch nicht, wie ich damit jemals wieder aufhören soll.“ Er schiebt mein Shirt ein Stück hoch, um meinen Bauch küssen zu können. Seine Lippen auf meiner Haut rauben mir jegliche Fähigkeit, einen klaren Gedanken zu fassen.

Blind angelt er nach der Tasse in meiner Hand, da ich kurz davor bin, sie fallenzulassen, und stellt sie neben seine auf den Boden.

„Ela“, seufzt er und schließt mich in die Arme. Mit seiner Wange an meinem Bauch spüre ich das feine Kratzen der Bartstoppeln. „Ich kann mich selbst an dir riechen.“

„Es wird Zeit für eine Dusche.“ Ich versuche, mich von ihm zu lösen, doch er hält mich fest umklammert.

„Hierbleiben! Ich mag das.“ Er drückt mir einen Kuss direkt über das Bündchen meines Slips.

„Anna vermisst dich. Sie rechnet damit, dass du sie nachher mit mir bei meinen Eltern abholst.“ Ich konnte ihr nicht sagen, dass zwischen uns Funkstille herrscht, aber jetzt ist ohnehin alles anders.

Alex sieht zu mir auf. „Darf ich das denn nicht mehr?“, fragt er unsicher.

Alles hängt in der Luft und nichts ist klar. Ein Zustand, den ich hasse, doch in dieser Situation stehe ich dem machtlos gegenüber.

„Natürlich darfst du das immer noch. Aber Alex, wir können nicht …“ Er legt mir einen Finger auf die Lippen und bringt mich damit zum Schweigen.

„Ich weiß, Ela. Es ist okay.“

Das ist es nicht, trotzdem bin ich erleichtert, dass wir diesbezüglich auf einem Nenner sind.

„Du hast die Wahl. Entweder du machst uns Frühstück oder du kommst mit mir unter die Dusche.“

Alex sieht mich mit einer hochgezogenen Augenbraue an.

„Was ist das denn für ein Vorschlag? Als ob ich irgendetwas ausschlagen würde, dass deinen nackten, nassen Körper beinhaltet. Ich hab eine bessere Idee.“ Jetzt zieht er meinen Slip ein kleines Stück runter und drückt einen warmen Kuss direkt auf meinen rasierten Venushügel.

„Die da wäre?“, frage ich mit heiserer Stimme.

„Erst gehen wir duschen, danach lade ich dich zum Frühstück ein und dann holen wir die Kurze ab.“

Das klingt göttlich, auch wenn ich nicht weiß, wie ich den letzten Part durchstehen soll, ohne mir unsere gemeinsame Nacht anmerken zu lassen.

Unser Auftritt bei meinen Eltern erfährt weniger Beachtung als erwartet. Jakob ist mit Kati und Paul da - mit einer bedeutenden Nachricht. Ich dachte, sie wollten warten, bis sie die Schwangerschaft verkünden, doch offenbar konnte sich mein Bruder nicht zurückhalten.

Er ist stolz auf seine Frau. Und auf seinen Mann. Auch wenn die drei vermutlich niemals die Möglichkeit bekommen, sich in irgendeiner Form offiziell zu binden, habe ich noch nie eine liebe- und respektvollere Beziehung gesehen. Ich bin neidisch, das muss ich zugeben, aber es gibt wenige

Menschen, denen ich das mehr gönnen kann. Kati hat in ihrer Vergangenheit jung Verantwortung für ihren kleinen Bruder übernommen und hat immer nur als Letztes an sich selbst gedacht. Da hat sie es verdient, von zwei fantastischen Männern umsorgt zu werden. Auch wenn mir das persönlich etwas zu viel wäre, für die drei funktioniert es.

Wir sitzen bei meinen Eltern am großen Tisch im Esszimmer und essen von dem köstlichen Braten, den mein Papa zubereitet hat. Meine Mutter bekommt allerdings kaum einen Bissen runter. Sie hat ganz rote Wangen und löchert die arme Kati mit Fragen. Mein Vater hingegen ist sehr ruhig. Er braucht seine Zeit, um sich mit dieser Neuigkeit zu arrangieren, aber er wird damit klarkommen. Nie würde er sich so verhalten, wie es Pauls Vater tut.

Alex sitzt mir gegenüber und schneidet für Anna das Fleisch in kleine Stücke. Niemandem fällt auf, dass er mich dabei mehr beobachtet als sonst, alle sind vertieft in die Babynachricht. Doch ich spüre ihn. Egal ob er mich ansieht oder nicht, seine Nähe knistert wie eine leichte elektrische Spannung zwischen uns.

Ich bin verliebt in ihn und gerade in diesem Moment frustriert mich das. So sehr ich meinem Bruder das Glück in doppelter Dosis gönne, so dringend wünsche ich mir, ich könnte meine Liebe für Alex auch offen zeigen. Als hätte er meine Gedanken gespürt, sucht er meinen Blick und schenkt mir ein verständnisvolles Lächeln.

Nachdem Mama ihren Fragenkatalog fürs Erste abgearbeitet hat, hilft Kati mir mit Freude beim Tisch abräumen. Ich würde auch alles tun, um der Neugier meiner Mutter zu entgehen. Gar nicht auszudenken, was mir bevorstehen würde, wenn sie nur ansatzweise wüsste, was zwischen Alex und mir los ist.

„Glaubst du, dein Papa wird damit klarkommen?“, fragt Kati unsicher, als wir alleine in der Küche die Töpfe spülen. Mit tropfenden Händen reiche ich ihr einen Glasdeckel aus dem Spülwasser.

Meine Eltern sitzen mit Paul und Jakob auf der Terrasse und sind in eine angeregte Diskussion vertieft. Es scheint jedoch kein Streitgespräch zu sein. Anna ist irgendwo mit Alex unterwegs.

„Natürlich, Süße. Zerbrich dir nicht den Kopf. Er wird ein paar Tage brauchen, um das zu verdauen. Aber du solltest ihn inzwischen gut genug kennen, um zu wissen, dass er euch alle sehr ins Herz geschlossen hat. Ihm ist nur wichtig, dass seine Kinder glücklich sind. Und wenn er erkennt, dass das der Fall ist, kommt er mit ziemlich allem klar. Außerdem mag er dich viel zu sehr, um damit ein großes Problem zu haben.“

„Was ist mit deinem Glück, Dani? Muss er sich darüber Gedanken machen?“

Ich hätte nicht zulassen sollen, dass irgendjemand etwas von meinen Gefühlen für Alex mitbekommt. Es ist so schon schwierig genug. Aber jetzt ist es zu spät.

„Ich bin seine Tochter. Das soll ja für Väter immer noch mal schwieriger sein. Also wird er vermutlich nie aufhören, sich den Kopf zu zerbrechen.“

Meine diplomatische Antwort nimmt sie mir nicht ab, doch sie löchert mich auch nicht weiter.

„Kannst du dir das nächste Wochenende freihalten?“, fragt sie stattdessen. „Ich hab ein paar Trödler gefunden, die aufbereitete Polstermöbel auf Lager haben. Die würde ich mir gerne ansehen. Falls sich etwas findet, müssten wir das vorerst einlagern, aber ich will auch nicht erst nach dem Umbau suchen und für Wochen mit einem halbleeren Laden dastehen."

„Meinst du, die neue Aushilfe schafft das alleine?"

„Das klappt schon. Samstags haben wir sowieso nur einen halben Tag offen. Außerdem habe ich Ben und Jakob für den Nachmittag eingespannt. Wir beide bleiben, bis der größte Mittagsansturm vorbei ist und dann können wir losfahren."

Ich kann nicht glauben, dass der kleine Ben groß genug ist, um halbwegs eigenverantwortlich im *Trudi's* zu arbeiten. Als ich vor zwei Jahren dort angefangen habe, war er ein schlaksiger 13-jähriger, der bei Weitem noch nicht in seinen viel zu langen Körper reingewachsen war. Jetzt, mit fast 15 Jahren, ist er schon annähernd so groß wie mein Bruder und dank intensivem Fußballtraining auch längst nicht mehr so dürr. Er sieht mindestens zwei Jahre älter aus, als er ist und wächst zu einem attraktiven, jungen Mann heran.

„Hat er denn Zeit dafür, neben seiner Freundin?", frage ich mit einem Zwinkern. Kati hasst das Thema, beziehungsweise das damit verbundene Mädchen. Sie würde das zwar nie offen zeigen, doch so schnell wird niemand gut genug für ihren kleinen Ben sein.

„Hör bloß auf. Gerade nehmen sie mal wieder eine Auszeit und ich kann nicht abstreiten, dass ich erleichtert bin. Dieses Weib hat keinen guten Einfluss.

Ich verstehe, dass sie ihn schützen will, aber sie soll auch froh sein, dass Ben die Freiheit hat, solche Erfahrungen zu machen. Im Gegensatz zu ihr, die in diesem Alter angefangen hat, für ihren Bruder einen großen Teil der Verantwortung zu übernehmen, kann er das Leben eines normalen Teenagers führen.

„Gib ihm Zeit, das selbst zu sehen. Er ist ein schlaues Kerlchen und wird merken, dass sie nicht die Richtige ist.“ Nach ihr werden wahrscheinlich noch jede Menge Mädchen und Frauen kommen, die nicht die Eine sind, aber das sage ich ihr jetzt nicht.

11.

Mit einer Teetasse in der Hand sitze ich auf der Couch und höre dabei zu, wie Alex im Hintergrund Anna ins Bett bringt und ihr eine Geschichte vorliest. Sie liebt es, wenn er hier ist und sie seine Aufmerksamkeit für sich beanspruchen kann. Er hat einen unglaublich beruhigenden Einfluss auf sie, wenn sie am Abend total überdreht ist.

Es wäre einfach, sich in die Illusion eines Familienlebens fallen zu lassen, aber genau dagegen muss ich jetzt mehr denn je ankämpfen. Ich habe keine Ahnung, wie das weiter mit uns funktionieren soll, aber mir ist auch klar, dass es naiv wäre, an eine gemeinsame Zukunft zu glauben. Das ändert nichts daran, dass ich ihn liebe. Wenn ich es abstellen könnte, würde ich es. Die letzte Nacht, diese unvergessliche Nacht, hat allerdings jede Hoffnung darauf komplett zerstört.

Ich hatte ein paar Liebhaber in meinem jungen Leben, doch in Alex Armen hatte ich zum ersten Mal das Gefühl, angekommen zu sein. Natürlich war der Sex grandios, aber mir war nie bewusst, wie es mit einer Person sein kann, der man bedingungslos vertraut. Es fühlt sich richtig an und doch ist es so falsch.

„Worüber zerbrichst du dir den Kopf?“, höre ich Alex‘ Stimme plötzlich ganz nah neben meinem Ohr. Erschrocken zucke ich zusammen. Ich habe nicht gehört, dass er reingekommen ist.

„Ich gehe ihr noch schnell eine gute Nacht wünschen“, sage ich hastig, um auf seine Frage nicht antworten zu müssen, werde jedoch bei meinem Versuch aufzustehen direkt in die Couchpolster gedrückt.

„Lass sie. Dein Kind schläft. Du kannst sie später zudecken, aber jetzt weckst du sie nur auf."

Bei jedem anderen wäre ich sauer, wenn er mir sagen würde, wie ich mit meiner Tochter umzugehen habe. Bei Alex ist es normal und okay, denn er kennt sie beinahe so gut wie ich.

Mit einem Seufzer lässt er sich neben mich auf die Couch fallen und legt seinen Kopf in meinen Schoß. Ich kann nicht verhindern, dass ich verkrampfe, was er auch sofort spürt.

„Ela, sie schläft!", bestätigt er nochmals. „Außerdem ist diese Position unschuldig genug. Dafür kennt sie mich schon zu lange, um sich über diese Nähe zwischen uns zu wundern."

Er hat recht, aber ich darf meine Vorsicht nicht abstellen, solange wir nicht bloß zu zweit sind. Da ich nur einen kurzen Leinenrock trage, der jetzt bedenklich nach oben rutscht, kann ich das Kitzeln seiner Haarsträhnen nur zu gut auf meiner Haut spüren.

„Sie kommt bald in die Schule", lenke ich ab und kann nicht widerstehen, sein Gesicht zu streicheln.

„Kannst du das glauben? Oft denke ich, sie ist doch gerade erst geboren."

Niemand weiß das besser als Alex, denn er war schließlich bei mir, als die Wehen eingesetzt haben. Er ist bei mir geblieben, als Steffen nirgends aufzutreiben war. Und er hat bei Anna die Nabelschnur durchgeschnitten, was nur zu gut verdeutlicht, wie nah er mir und meinem Kind steht. Er hat mich in meiner unattraktivsten Stunde erlebt, aber das scheint für ihn meiner Attraktivität keinen Abbruch getan zu haben. Zumindest hat er das letzte Nacht eindrucksvoll bewiesen.

Der Gedanke treibt wieder einen Schwall Hitze in meinen Schoß.

„Sie ist so groß geworden. Manchmal fühlt es sich an, als wäre sie gestern erst ein Baby gewesen, meistens scheinen die vergangenen 6 Jahre jedoch ein halbes Leben her zu sein."

Alex lächelt zu mir auf und streichelt mir über die Wange.

„Das liegt daran, dass du in der Zeit erwachsen geworden bist. Im Gegensatz zu meinem Bruder."

„Hast du noch mal etwas von ihm gehört?" Nur mit Mühe unterdrücke ich einen Seufzer, denn eigentlich will ich darauf keine Antwort. Ab einem gewissen Zeitraum fühle ich mich einfach verpflichtet, zu fragen.

Alex schüttelt nur den Kopf.

„Glaubst du, ich könnte Paul für ein paar Tage sein Ferienhaus abschwatzen? Ich dachte da an die letzte Woche in den Sommerferien."

„Bestimmt. Er ist immer froh, wenn jemand da ist, der mal nachsieht, ob es noch steht. Möchtest du segeln gehen?"

„Nein, eigentlich nicht. Ich wollte mir lieber ein paar entspannte Tage mit Anna und dir machen. Das Boot werde ich bald verkaufen. Mir fehlt einfach die Zeit."

„Bist du sicher?", frage ich, obwohl meine Gedanken eher daran hängen bleiben, dass er mit meiner Tochter und mir in den Urlaub fahren will.

„Ich denke schon. Es nimmt zu viel Zeit in Anspruch, die ich nicht mehr habe."

Wenn er nicht so oft bei uns wäre, hätte er das Problem nicht.

„Hältst du es für eine gute Idee, wenn wir zusammen Urlaub machen?" Ich hasse es, dass ich diese Frage überhaupt stellen muss.

„Ich halte das für eine ausgezeichnete Idee, Ela. Da kennt uns kein Mensch und Anna interessiert das überhaupt nicht, wenn wir nah beieinander sitzen oder uns öfter als angebracht berühren."

Es würde mir so viel besser gehen, wenn wir diese Beziehung definieren könnten, aber davon sind wir noch meilenweit entfernt und ich sehe auch nicht, dass wir jemals an diesen Punkt kommen werden.

„Wir sind nicht mehr so geheim, wie du vielleicht glaubst", gestehe ich.

„Was meinst du damit?", verwirrt setzt er sich auf. Seine Haare stehen jetzt in alle Richtungen ab. Damit sieht er gleich einige Jahre jünger aus, obwohl man ihm seine 37 Jahre ohnehin nicht ansieht.

„Kati, Sandra und Nicole wissen Bescheid. Also nicht über letzte Nacht, aber sie wissen, dass da etwas zwischen uns läuft. Ich hoffe, du bist nicht sauer."

„Warum sollte ich sauer sein?", fragt er und rollt sich zur Seite, um im nächsten Moment vor mir auf die Knie zu gehen. „Ich verstehe, dass du mit jemandem darüber reden wolltest."

Manchmal habe ich das Gefühl, er fände es überhaupt nicht schlimm, wenn jeder von uns wüsste. Aber ich frage mich auch, mit wem er darüber redet. Alex hat Bekannte, mit denen er gelegentlich etwas unternimmt, doch einen besten Freund hat er nicht.

„Wie ich gehört habe, hat Paul auf der Terrasse vom Ferienhaus einen Whirlpool installieren lassen", versuche ich vom Thema abzulenken. Natürlich kann er gar nicht anders, als darauf anzuspringen.

„Ist das so? Dann hoffe ich sehr, dass wenigstens Paul

mich gut genug leiden kann, um uns das Haus für eine Woche zu überlassen."

Alex ist nicht dumm, selbstverständlich spürt er, dass mein Bruder ihn immer noch mit großer Skepsis betrachtet. Meinen Ansatz, für Jakob in die Bresche zu springen, bricht er sofort ab.

„Es ist okay, Ela. Ich verstehe deinen Bruder. Wenn du meine Schwester wärst, würde ich nicht anders handeln."

„Aber ich bin nicht deine Schwester", stelle ich fest.

„Nein, bist du nicht. Gott sei Dank." Mit einem verschmitzten Grinsen spreizt er meine Knie und schiebt sich zwischen meine Oberschenkel. Seine Hände wandern an meinen nackten Beinen hoch, während er mich aufmerksam beobachtet.

„Alex", flüstere ich. „Wir können das nicht machen, wenn Anna hier ist." Ich merke selbst, wie halbherzig diese Aussage klingt.

Er ist völlig unbeeindruckt und zieht mir langsam den Slip über die Schenkel. „Sie schläft wie ein Stein. Ich will dich nur schmecken. Solange du dich ruhig verhältst, haben wir keine Probleme."

Er sagt das mit einer Selbstverständlichkeit, als hätte er mir gerade angeboten, die Haare zu kämmen oder die Fußnägel zu lackieren.

Nachdem von mir kein weiterer Widerstand kommt, greift er in meine Kniekehlen, um mich an den Rand der Couch zu ziehen. Mit dem Fuß drückt er den kleinen Kaffeetisch beiseite.

Alleine der Gedanke daran, seinen Mund dort zu spüren, sorgt dafür, dass sich eine erregende Wärme in meinem Unterleib ausbreitet. Alex schiebt meinen Rock bis auf meine

Taille hoch und entblößt mich damit vor ihm. Auch mein T-Shirt findet den Weg nach oben, gerade weit genug, um meine Nippel mit der Zunge liebkosen zu können, doch nicht so weit, dass ich mich im Notfall nicht ganz schnell richten könnte.

Ich kann ihn hart an meinem Oberschenkel spüren, während er ausgiebig meinen Hals und mein Schlüsselbein küsst. Das ist zwar nett, aber ich sitze mit gespreizten Beinen vor ihm und bin schon längst über eine Aufwärmphase hinaus. Gerne würde ich ihm das T-Shirt ausziehen, doch das ist zu kritisch, falls Anna nochmal aufsteht.

„Alex …“ Sein Name ist ein Flehen auf meinen Lippen.

„Was willst du, Kleine?“, fragt er ganz nah an meinem Mund. „Du kannst alles von mir haben.“

Ich schiebe eine Hand zwischen meine Schenkel und umkreise mit zwei Fingern meinen geschwollenen und feuchten Kitzler. Alex beobachtet jede meiner Bewegungen. Für einen Moment schließe ich die Augen und genieße es, mich zu berühren und mit dem kleinen Ring zu spielen. Leise stöhnt Alex auf.

„Ich will, dass du mich leckst“, flüstere ich. „Aber ich will erst kommen, wenn du in mir bist.“

Das nächste Stöhnen aus seinem Mund ist weit entfernt von leise. Als ich die Augen öffne, sehe ich seinen Blick zwischen meine Schenkel fixiert, während er sich durch die Hose massiert. Ich ziehe die Beine hoch und stelle die Fersen auf dem Rand der Sitzfläche ab, um ihm einen besseren Einblick zu gewähren.

„Es ist eine verdammt gute Sache, dass ich erst jetzt weiß, wie schamlos du sein kannst. Sonst hätte ich bereits vor langer Zeit die Beherrschung verloren“, sagt er mit rauer Stimme und legt seine Hände auf die Innenseiten meiner Oberschenkel, um mich weiter zu spreizen. Mit einem frechen Grinsen versinkt Alex zwischen meinen Schenkeln. Ich spüre seinen heißen Atem auf meiner Pussy, die ich immer noch streichele. Als er keine Anstalten macht, sich zu bewegen, höre auch ich auf. Mit der Nase stupst er meine Finger beiseite und leckt über meinen Kitzler. Es ist mir fast peinlich, wie feucht ich schon bin, doch Alex scheint das nichts auszumachen. Ganz im Gegenteil, für ihn ist es eher ein Ansporn.

„Du schmeckst gut", flüstert er an meinem Schoß und spielt zum ersten Mal behutsam mit meinem Piercing. Alex ist kein unerfahrener Mann. Obwohl er kaum nennenswerte Beziehungen hatte, hat er gelebt. Aber mein Intimpiercing jagt ihm einen Heidenrespekt ein, das spüre ich, auch wenn er es nicht zugibt.

In dieser Position kann ich perfekt beobachten, wie er mit breiter Zunge über meinen Kitzler leckt. Mit einem Blitzen in den Augen schaut er zu mir auf und öffnet mit einer Hand seine Hose. Ich sehe nicht genau, was er da tut, doch seine Armbewegung ist recht deutlich. Trotzdem verliert er für keine Sekunde die Konzentration und leckt mich in einem nicht vorhersehbaren, wechselnden Rhythmus. Ungewohnt schnell bringt er mich an den Rand eines Höhepunkts, der mich verzweifelt nach Halt suchen lässt. Schließlich finden meine Finger seine Haare. Ich muss mich bemühen, nicht zu fest zu ziehen.

Es ist zu viel, ihm dabei zuzusehen. Ich schließe die Augen und lege den Kopf in den Nacken. Mein Unterleib pulsiert und nichts kann mich davon abhalten, zu kommen.

„Alex", keuche ich. Ich will ihn warnen, doch die Worte

bringe ich nicht mehr heraus. Ein letztes Mal saugt er an dem kleinen Ring und umkreist ihn mit seiner Zunge, bevor er sich aufsetzt, meinen Po noch ein Stück vorzieht und mit einem Ruck in mich eindringt.

Er bewegt sich nicht und spürt einfach nur das Zucken meiner Pussy um seinen harten Schwanz, ersetzt aber seine Zunge mit dem Daumen und lässt mich damit meinen Höhepunkt in voller Länge auskosten. Doch ich bin nicht in der Lage, mein Becken stillzuhalten und bewege mich, um ihn besser fühlen zu können. Für einen Moment wird mir schwarz vor Augen, so intensiv spüre ich jede Faser meines Körpers.

Schließlich klingen auch die letzten Wellen ab und ich kann nichts anderes tun, als erschöpft meine Beine auf den Boden rutschen zu lassen und Alex müde anzulächeln.

„Hast du genug?", fragt er und streichelt über meinen Bauch. Ich bin zwar erledigt, aber deswegen werde ich ihn sicher nicht hängen oder vielmehr stehen lassen. So sadistisch könnte ich nie sein. Als Antwort spanne ich meinen Beckenboden an und beobachte, wie Alex um Zurückhaltung kämpft.

„Von dir niemals." Ich schlinge meine Beine um ihn und ziehe ihn damit auf mich. Er beugt sich zu mir runter, um mich zu küssen und bewegt nur zaghaft die Hüften, obwohl seine Rücksicht völlig unnötig ist.

Mit meinen Lippen ganz nah an seinen flüstere ich die Worte, die ihm jede Zurückhaltung nehmen: „Ich bin immer noch nass, Alex. Wenn du kommen willst, dann fick mich einfach."

Erst zögert er, als müsste er sich überzeugen, dass er mich richtig verstanden hat. Doch dann greift er unter meine

Schulterblätter, um mich besser festhalten zu können und endlich hart in mich zu stoßen. Bereits nach kürzester Zeit zittert er in meinen Armen. Mit einem kehligen Stöhnen ergießt er sich in mir, während ich unermüdlich feuchte Küsse auf seinem Schlüsselbein verteile. Erst jetzt bin ich in der Lage, wieder ein Ohr in Richtung Kinderzimmer zu richten. Keine gute Sache. Ich sollte nicht so verantwortungslos sein. Aber alles ist ruhig und die Wohnzimmertür ist noch geschlossen.

Träge hebt Alex den Kopf und lächelt mich an. Zärtlich streicht er mir die Haare aus der Stirn. „Ich liebe dich, Ela“, sagt er mit einer Selbstverständlichkeit, die mir Angst macht. Ich kann es nicht erwidern, außer durch einen Kuss, doch er scheint das auch nicht zu erwarten. Natürlich liebe ich ihn, aber ich kann mir das nicht erlauben.

Alex löst sich von mir und setzt sich auf. „Bleib liegen, ich hol dir ein Handtuch“, sagt er und schließt seine Hose. Selbst wenn ich wollte, ich könnte mich noch gar nicht bewegen.

Ich war schon einige Mal verliebt, aber im Gegensatz zu meinen Gefühlen für Alex waren das nur harmlose Schwärmereien. Diese intensiven Gefühle sind umso verwirrender, weil er mir vertraut ist. Wir hatten absolut keine Kennenlernphase, es gibt kaum Überraschungen zwischen uns. Und trotzdem ist alles neu.

Als wäre es nicht genug, dass er Annas Onkel ist, so ist er auch noch wesentlich zu alt für mich. 12 Jahre sind ein ganz schöner Happen, den man nicht einfach abtun kann. Es wäre besser, wenn ich mir diese Fakten noch öfter vor Augen führe.

Aber ich weiß nicht, wie ich das je hinbekommen soll. Ich

kann ihm nicht einfach aus dem Weg gehen, dafür sind unsere Leben zu sehr miteinander verwoben. Und es würde Anna unendlich verletzen, wenn ich Alex aus unserem Alltag entferne, wo doch ihr eigener Vater nur durch Abwesenheit glänzt.

In eine Decke eingewickelt sitze ich Alex gegenüber auf der Couch. Meine Füße liegen auf seinem Schoß, während er gedankenverloren auf den laufenden Fernseher starrt.

Es wäre besser, wenn er nach Hause geht, aber ich habe auch nicht die Kraft, ihn rauszuschmeißen. Viel lieber würde ich ihn mit in mein Schlafzimmer nehmen.

„Du warst der erste Mann in meinem Bett", sage ich über das leise Rauschen des Fernsehers hinweg.

Verwirrt sieht er zu mir.

„Es ist nicht so, als wollte ich dir irgendwas nachsagen oder unterstellen, Ela. Doch ich war ganz gewiss nicht dein Erster. Der beste Beweis dafür liegt im Kinderzimmer und schläft."

Ja, Alex. Das Kind deines Bruders. Aber das spreche ich nicht aus. Da könnte ich ihm auch gleich eine runterhauen.

„Das meine ich nicht. Ich bin weit entfernt von jungfräulich. Trotzdem warst du der erste Mann in meinem Bett. In diesem Bett, meine ich." Ich zeige zum Schlafzimmer.

„Du wohnst doch schon ein paar Jahre hier", stellt er fest.

„Ja, Alex. Das tue ich. Trotz der Tatsache, dass ich kein Unschuldsengel bin, lasse ich noch längst nicht jeden Kerl in Annas Zuhause."

„Ich bin nicht jeder Kerl", sagt er mit einer unüberhörbaren Zufriedenheit.

„Nein, bist du nicht", seufze ich und vergrabe mich tiefer in meine Decke. Dabei ist mir gar nicht kalt.

Alex widmet sich wieder dem Fernseher, obwohl ich nicht

das Gefühl habe, dass ihn das Programm sonderlich interessiert.

„Was sollen wir nur machen?“, flüstere ich in den weichen Stoff der Decke, zu leise für seine Ohren.

12.

Kati ist heute extrem überdreht. Zwar hat sie mir mehrfach versichert, dass alles in Ordnung sei, doch so recht glaube ich ihr nicht. Normalerweise ist sie eine entspannte Person, die sich, zumindest äußerlich, so schnell nicht aus der Ruhe bringen lässt.

Wir sind auf dem Weg zum dritten Trödler und bis auf einen kleinen Apothekerschrank war unsere Suche nach Möbeln bisher erfolglos.

„Was machen wir, wenn wir überhaupt nichts finden, Dani? Komplett neue Möbel habe ich nicht einkalkuliert. Ich dachte, wir würden auf diesem Weg viel schönere und günstigere Sachen finden“, plappert sie vor sich hin.

Ich steuere auf den Parkplatz des nächsten Händlers und stelle den Motor ab. „Was ist wirklich los?“, frage ich und drehe mich zu ihr. „Hast du Stress mit deinen Männern?“

Ich will mich nicht in die Beziehungsprobleme meines Bruders einmischen, aber Kati ist inzwischen eine gute Freundin. Außerdem gibt es für ihre Panik überhaupt keinen Grund. Wir haben noch viele Wochen Zeit und das ist gerade mal unsere erste Shoppingtour für den neuen Laden.

„Es ist nichts, wirklich nicht.“

Ich glaube ihr kein Wort.

„Stimmt was mit dem Baby nicht?“

Sofort wandert ihre Hand zu der kaum sichtbaren Wölbung an ihrem Unterbauch. Und schon fallen die ersten Tränen. Mein Gefühl war also richtig: Irgendetwas ist gar nicht in Ordnung.

„Ich kann mit Paul und Jakob darüber nicht reden. Sie lassen mich ja so schon nicht aus den Augen." Trotzig wischt sie sich die Tränen weg.

„Worüber kannst du mit ihnen nicht reden? Wenn es dir oder dem Baby nicht gut geht, dann musst du das sagen, Kati!"

Ich reiche ihr ein Taschentuch und, nachdem sie sich ausgiebig geschnäuzt hat, auch noch den Rest der Packung.

„Es geht uns gut. Bis jetzt. Aber erinnerst du dich noch, als ich den Knoten in der Brust hatte?"

Wie könnte ich das vergessen? Damals war die Beziehung zwischen ihr, Paul und Jakob ganz frisch und nicht offiziell. Sie war erschüttert und hatte unglaubliche Panik, weil ihre eigene Mutter an Brustkrebs gestorben ist. Gott sei Dank hat es sich als gutartig herausgestellt und sie brauchte auch nicht weiter behandelt zu werden.

„Natürlich kann ich das, Süße. Hast du wieder was gespürt? Dann musst du unbedingt zu deinem Frauenarzt."

„Ich bin doch nicht blöd", schluchzt sie. „Das ist es nicht. Bei meiner Mutter ist die Diagnose kurz nach Bens Geburt gestellt worden. Was ist, wenn mir das passiert?"

Ich kann ihre Ängste gut verstehen. Obwohl der Test auf das Brustkrebs-Gen bei ihr negativ war, ist es nachvollziehbar, dass sie das nicht einfach abschüttelt. Mein Bruder und Paul haben wirklich alle nötigen und möglichen Untersuchungen für sie veranlasst. Ihre Gefahr, diesen Krebs zu bekommen, ist nicht höher als bei jeder anderen gesunden Frau. Natürlich wird sie auch weiterhin regelmäßig überwacht. Doch niemand hat das durchgemacht, was sie bei ihrer Mutter miterlebt hat und weswegen sie ihren Bruder großziehen musste. Ihr Vater war keine Hilfe. Er ist in tiefe Depressionen gestürzt und das hat schließlich zu seinem Selbstmord geführt.

Wenn jemandem eine kleine Panikattacke zusteht, dann ist es Kati.

Ich könnte ihr jetzt sagen, alles wird gut und nichts passiert dir und deinem Baby, aber ich bin nicht naiv und ich kann auch nicht hellsehen. Mutterschaft ist furchteinflößend, unabhängig davon, ob man alleine damit dasteht oder alle nur mögliche Unterstützung hat. Es gibt kaum etwas im Leben, das man weniger kontrollieren kann.

Kati versucht angestrengt ihren Tränenfluss in den Griff zu bekommen, doch sie ist noch viel zu aufgebracht.

„Komm her“, sage ich und ziehe sie an meine Schulter, wo sie leise vor sich hin schnieft und schluchzt. „Ich verstehe, dass du Angst hast. Lass dir aber dadurch diese großartige Erfahrung nicht verderben. Du bist nicht ganz 30 und in einem sehr guten Alter, um das genießen zu können. Du hast zweieinhalb tolle Männer an deiner Seite, die alles für dich tun und für dich da sind.“

Über die zweieinhalb Männer muss sie dann doch lachen.

„Die hab ich wirklich.“ Sie setzt sich aufrecht hin und atmet ein paar Mal tief durch, bevor sie die restlichen Tränen wegwischt.

„Und nicht nur die, Kati. Auch wenn du es immer noch nicht glaubst, du hast eine Familie bei uns und egal, was passiert, du stehst nicht alleine da. Nicht mehr.“

„Das weiß ich inzwischen. Obwohl ich mich längst noch nicht dran gewöhnt habe. Aber oft ist es etwas zu viel. Versteh mich nicht falsch. Ich liebe deinen Bruder und ich liebe Paul, doch manchmal wissen sie nicht, wann sie einen Schritt zurücktreten sollten, damit mir Luft zum Atmen bleibt. Durch die Schwangerschaft wird das viel deutlicher.

Ich darf am Abend nicht mal ungestört müde auf die Couch fallen, ohne dass mir mindestens einer der Doktoren den Blutdruck misst."

Das kann ich mir lebhaft vorstellen und ich möchte absolut nicht mit ihr tauschen.

„Soll ich mit Jakob reden? Vielleicht hört er auf mich und lässt sich etwas zurückpfeifen."

Mein Bruder ist einer der Kerle, der immer alles regeln will und dabei auch mal vergisst, dass es meistens schon reicht, bei seiner Partnerin zu sein, damit es ihr gut geht. Kati ist eine starke Frau und braucht keine Männer, die ihr Leben in die Hand nehmen.

„Du kannst es versuchen, doch ich glaube nicht, dass es etwas bringt."

„Ich packe ihn mir gleich mal, wenn wir zurückfahren. Die nächsten Tränen will ich erst sehen, wenn dir keine Hose mehr passt und du deine ersten Umstandsklamotten kaufen musst."

„Oh, das wird nicht passieren. Irgendwie bekomme ich das mit Gummibändern geregelt."

Das hab ich auch mal geglaubt. Bis ich im 6. Monat 20 Kilo und eine Körbchengröße mehr hatte. Aber da sie sich gerade erst beruhigt hat, sage ich ihr das natürlich nicht.

Schließlich haben wir doch noch 6 Bistro- und Kaffeetische und eine neuwertige Chaiselongue mit einem edlen schwarzen Samtstoff gefunden. Der Händler liefert uns die Sachen in einen vorübergehend angemieteten Lagerraum und so fahren wir mit einem zufriedenen Gefühl zurück zum *Trudi's*.

Ich finde einen Parkplatz gleich vor dem Laden, wo ich auch schon die Familie drinnen sitzen sehe. Der Shop ist geschlossen und auch die Kuchentheke ist schon leergeräumt. Katis Männer waren fleißig.

Ich entdecke meine Tochter bei Paul auf dem Schoß sitzend, während er mit ihr ein Buch anschaut. Jakob steht hinter der Theke und bereitet Getränke vor. Erst als wir durch die Tür kommen, sehe ich auch Ben, der mit Alex an einem der hinteren Tische in ein Gespräch vertieft ist. Ich werfe eine allgemeine Begrüßung in die Runde, gebe meiner Tochter einen Kuss und gehe dann zu Ben und Alex an den Tisch.

„Hey. Ich wusste gar nicht, dass du auch hier bist“, sage ich und bleibe unsicher auf der Stelle stehen. Ich weiß immer noch nicht, wie ich mich ihm gegenüber in der Öffentlichkeit verhalten soll. Er hat da offensichtlich weniger Probleme.

„Ben möchte in den Herbstferien gerne ein Praktikum bei mir machen und wir besprechen das gerade“, erklärt er und steht auf, um mich in die Arme zu schließen. Sein Kuss auf meine Schläfe ist nichts Ungewöhnliches, doch es fühlt sich anders an, seitdem ich seinen Mund einmal zwischen meinen Schenkeln hatte.

„ … nicht glücklich darüber“, höre ich meinen Bruder gewollt laut aus dem Hintergrund murmeln. Erschrocken zucke ich zusammen und löse mich sofort von Alex, bis mir klar wird, dass er damit nicht uns, sondern Bens Praktikum in Alex‘ Tierarztpraxis meint.

„Zwei Kinderärzte in der Familie sind ausreichend, Bruderherz“, sage ich über meine Schulter, während ich versuche, meinen Puls in den Griff zu kriegen. Alex zwinkert mir wissend zu. Ich verstehe nicht, wie er darüber leichtfertig hinweggehen kann, dass wir uns in ständiger Gefahr befinden, aufzufliegen.

„Ich werde ihn schon in die richtige Richtung steuern“,

sagt er zu mir, jedoch mehr als laut genug, dass Jakob und Paul es auch hören.

„Dann muss meine kleine Freundin hier halt später die Praxis übernehmen“, sagt Paul zu meiner Tochter, die neben ihm an einem Kakao schlürft.

Anna schüttelt heftig den Kopf. „Ich werde keine Ärztin, egal wofür. Ich schneid doch keine Leute auf“, sagt sie bestimmt und tippt sich mit dem Zeigefinger an die Schläfe. Meiner Meinung nach zu viel Attitüde für eine 6-Jährige, aber vermutlich liegt es an ihrem engsten Vorbild: mir.

„Was willst du dann werden?“, fragt Kati, die sich gerade an den übriggebliebenen Cookies bedient.

„Ich werde Reiterin!“, verkündet sie mit Überzeugung, obwohl sie bisher in ihrem ganzen Leben noch keine einzige Reitstunde hatte. „Da kann ich mich den ganzen Tag um Pferde kümmern.“

Alex‘ triumphierendes Grinsen entgeht mir nicht.

Jakob schmeißt ergeben die Arme in die Luft und drückt dann Kati an sich, um sie geräuschvoll auf die Stirn zu knutschen. Ich bin froh darüber, dass er sich nicht mehr zu sehr auf Alex einschießt und ihn immer nur zum Außenseiter macht. Das hat er nicht verdient.

„Kann ich heute bei Jakob schlafen?“, fragt meine Tochter über ihre Tasse. „Ben hat ein neues Videospiel, das er mir zeigen wollte.“

Ich sehe fragend zu meinem Bruder, der mir leicht zunickt. Offenbar wurde das schon in meiner Abwesenheit abgesprochen.

„Es ist ein ganz harmloses und langsames Spiel, Dani“, sagt Ben hinter mir. Ich finde es reizend, wie er sich um Anna bemüht und stets mitdenkt.

„Okay. Aber spielt nicht zu lange und nicht mehr kurz vorm Schlafengehen. Hörst du? Sonst hältst du alle mit deinen wilden Träumen auf Trab."

„Sieht aus, als hättest du mal wieder eine freie Nacht", sagt Alex mit so wenig Ausdruck wie möglich. Doch ich weiß genau, worauf er hinaus will.

„Ich hätte große Lust, endlich noch mal tanzen zu gehen. Mal sehen, ob Nicole und Sandra Zeit haben", sage ich schmunzelnd.

„Das klingt göttlich", sagt Kati. „Wenn ich nicht pro Fuß mindestens einen gefühlten Liter zusätzliches Wasser mit mir rumschleppen dürfte, dann würde ich glatt mitkommen." Obwohl die Schwangerschaft noch frisch ist, machen ihr Wassereinlagerungen zu schaffen und die heißen Temperaturen verschlimmern es nur. Ich kann mich noch gut an die tödliche Kombination von Schwangerschaft und Sommerhitze erinnern.

„Leg du lieber die Füße hoch", sage ich, erleichtert darüber, keine Ausrede erfinden zu müssen. Zwar plane ich tatsächlich, tanzen zu gehen, aber nicht mit meinen Freundinnen.

13.

Mein Puls ist nahezu synchron mit dem Bass der Musik. Mein Körper ist mit einer feinen Schicht Schweiß überzogen. Für diesen Moment fühle ich mich sorglos. Alex steht am Rand der Tanzfläche und beobachtet mich. Noch lässt er sich nicht überzeugen, mit mir zu tanzen. Dabei weiß ich aus Erfahrung, dass er seine Hüften ziemlich gut bewegen kann. Wir sind in einem kubanischen Salsa-Club und es mangelt mir nicht an Tanzpartnern, aber ich lasse mich kaum darauf ein.

Bis zu der Schwangerschaft mit Anna habe ich viermal die Woche Ballett getanzt und es fühlt sich zu gut an, wenn ich ein wenig meiner unveränderten Beweglichkeit ausleben kann. Außerdem sind Alex' Blicke, die mich keine Sekunde aus den Augen lassen, ein unglaubliches Aphrodisiakum.

Schließlich habe ich die Nase voll und will ihn zu mir auf die Tanzfläche ziehen, werde jedoch im letzten Moment von einer zierlichen, kleinen Latina gebremst. Zuerst glaube ich, sie will mir zuvorkommen, stattdessen hat sie es auf mich abgesehen. Ohne jede Umschweife zieht sie mich zurück und legt ihre schmalen Finger auf meine Hüften. Alex' Blick brennt in meinem Rücken, doch er macht keine Anstalten, mich zu bremsen.

Schnell schiebt sie ihr Knie zwischen meine Schenkel, während wir unsere Körper im Rhythmus bewegen. Ich kann ihre kleinen Nippel durch den dünnen Stoff meines Kleides spüren. Es fühlt sich gut an, aber es erregt mich nicht so sehr, wie es das vor einer Weile mal getan hat. Trotz der dunkelhaarigen Schönheit in meinem Arm sind meine

Gedanken nur bei dem Mann hinter uns.

Vor einem Jahr hätte ich vielleicht noch darüber nachgedacht, wie ich die beiden heute Nacht gleichzeitig in mein Bett bekommen kann, doch heute hat das keinen Reiz mehr für mich. Vielleicht werde ich zu alt für solche Spielchen, vielleicht liegt es auch daran, dass Alex genug ist. Solange ich ihn haben kann, ist er alles, was ich brauche.

Ohne mich umzusehen, spüre ich, dass er ganz nah hinter mir ist. Zu lange kann er nicht dabei zusehen, wie ich mich an dem Mädel vor mir reibe. Seine starken Arme schlingen sich um meine Taille, während er mich bestimmt von meiner Tanzpartnerin löst. Entschuldigend hebe ich die Hände und lasse mich von ihm mitziehen. Doch ich muss kein schlechtes Gewissen haben, denn die Dunkelhaarige findet schon Sekunden später einen neuen, willigen Tanzpartner.

Mit meinem Hintern an seinen Schoß gepresst, lässt er sich zu ein paar Schritten hinreißen. Seine Hand auf meinem Unterbauch befindet sich erregend nah an meiner Scham.

„Eifersüchtig?“, frage ich und drehe meinen Kopf zur Seite, in der Hoffnung seinen Mund zu erwischen.

Doch er hält mein Kinn fest und spricht ganz nah an meinen Lippen. „Es interessiert mich nicht, mit wem du tanzt, solange deine Pussy am Ende des Tages nur mir gehört.“

Zur Untermalung seiner Aussage, nein Forderung, presst er seinen Ständer an meinen Po.

„Nur dir“, versichere ich ihm und seufze erleichtert, als er mich endlich seine Lippen küssen lässt.

Seine Hand wandert tiefer, so tief, dass ich seine Fingerspitzen auf meinem Venushügel spüre.

„Lass uns hier verschwinden.“ Er legt einen Arm um meine Schultern und zieht mich zum Ausgang.

„Wo willst du mit mir hin?“ Hoffentlich in ein Bett. Seins oder meins, das spielt keine Rolle.

„Bist du für ein kleines Abenteuer zu haben?“

Vor der Tür des klimatisierten Clubs rennen wir in eine Wand aus schwüler Gewitterluft. In der Ferne hört man schon seit Stunden leises Grollen, doch es scheint uns immer nur zu streifen. Eine Abkühlung ist dringend nötig, denn so mag ich gar nicht an Schlaf denken.

„Welches Abenteuer?“ Ich lege meine Arme um seinen Hals und sehe zu ihm auf.

„Ein kleiner Trip in die Vergangenheit.“ Da er heute noch keinen Tropfen Alkohol getrunken hat, leitet er mich zu seinem Auto, das auf der anderen Straßenseite steht.

Selbst im Dunkeln, auf einem schlecht beleuchteten Feldweg, weiß ich ganz genau, wo wir gerade sind. Ich war seit Jahren nicht mehr nachts am Badesee.

„Ich glaube nicht, dass das legal ist“, flüstere ich, obwohl wir uns im Fahrzeuginneren befinden.

Alex grinst und legt mir eine Hand auf den nackten Oberschenkel. „Das hat dich damals auch nicht interessiert. Außerdem ist das Tor auf.“

„Ein offenes Tor heißt noch lange nicht, dass man einfach da reinmarschieren darf.“

Ängstlich schaue ich mich um und stelle mit Schrecken fest, dass Alex den Wagen am Straßenrand parkt.

„Seit wann bist du so ein Schisser, Ela? Früher warst du bei solchen Aktionen an vorderster Front dabei.“

„Ich bin so ein Schisser, seitdem ich Mutter bin und nicht die Nacht auf der Polizeiwache verbringen will, Onkel Alex.“

Die Betonung auf seinen Verwandtschaftsgrad zu meiner

Tochter passt ihm überhaupt nicht, doch statt mich anzumeckern, steigt er einfach aus. Ich habe keine andere Wahl, als ihm zu folgen, denn ich bleibe ganz sicher nicht in der Pampa alleine im Dunkeln im Auto sitzen.

Alex steht an den Kofferraum gelehnt und wartet auf mich. In meinen Stilettos läuft es sich auf diesem Acker nicht besonders gut.

„Zieh die Dinger aus!“, sagt er und öffnet die Kofferraumklappe. „So kommst du hier ja keinen Meter vorwärts.“

„Und was ist, wenn ich in Scherben trete? Oder in etwas Lebendes, Beißendes, Stechendes?“, frage ich und komme dennoch seiner Aufforderung nach.

„Jetzt bist du einfach nur noch zickig.“

Ich wäre ja sauer über eine solche Aussage, wenn er damit nicht absolut recht hätte.

„Spring auf.“ Er geht ein wenig in die Knie und zeigt auf seinen Rücken. Da lasse ich mich nicht zweimal bitten. Im Hochspringen rutscht sein T-Shirt ein Stück hoch und so kann ich meine nackten Oberschenkel direkt an seine Haut pressen. Ich drücke ihm einen Kuss auf die Wange und versuche, ihn wie ein Pferd anzutreiben, doch da spielt er leider nicht mit.

„Fräulein!“, warnt er mich. „Mach so weiter und ich schmeiße dich kopfüber in den See. Außerdem … Kann es sein, dass du keinen Schlüpfer trägst?“

Er setzt sich langsam in Bewegung, versucht aber dabei in mein Gesicht zu sehen. Wenn er so weiter macht, dann liegen wir gleich beide im Wasser.

„Schlüpfer, alter Mann? Ernsthaft? Noch nicht mal meine Mutter trägt Schlüpfer. Schlüpfer sind übergroße

Baumwollteile, die vorzugsweise bis zum Bauchnabel gehen und den gesamten Hintern bedecken. Aber ich kann dich beruhigen, ich trage mein bestes Seidenhöschen. Das fühlt sich so ähnlich an wie meine glattrasierte Pussy."

Ich kann ihn deutlich schlucken hören. Es ist gut zu wissen, dass ich ihn nur mit kleinen Anmerkungen noch völlig aus dem Konzept bringen kann.

„Du bist der Teufel höchstpersönlich. Und wenn du mich noch einmal als alten Mann betitelst, dann lege ich dich übers Knie."

„Hm … mach keine Versprechungen, die du nicht einhalten kannst." Ich reibe mich an seinem nackten Rücken und beiße in sein Ohrläppchen.

Nur der schwache Halbmond beleuchtet das Gelände, doch es reicht, um zu sehen, dass wir nicht alleine sind. Eine Gruppe Jugendlicher hat sich mit Zelten unter einer Baumgruppe niedergelassen.

Da wir uns jetzt an dem schmalen Sandabschnitt befinden, lässt Alex mich runter. Die Jugendgruppe hinter uns benimmt sich ganz gesittet und scheint nur einen entspannten Abend verbringen zu wollen.

Ich will mir gerade das Kleid über den Kopf ziehen, um in den See zu springen, als Alex mich in seine Arme zieht und stürmisch küsst. Bevor ich nur die Chance bekomme, es zu genießen, lässt er wieder von mir ab. Er nimmt mein Gesicht in seine Hände und sieht mich eindringlich an. „Ich mache keine leeren Versprechungen. Ist das klar?" Das hat nichts mit seiner „Androhung" eines kleinen Spankings zu tun. Immer wieder macht er deutlich, wie ernst es ihm ist. In diesen Momenten würde ich ihm zu gerne sagen, dass ich ihn liebe, doch ich kann nicht.

„Das weiß ich, Alex. Du bist der Einzige, der immer für uns da ist." Außer meiner Familie natürlich, aber er versteht, was ich meine.

„Immer, Ela." Zärtlich küsst er meine Lippen und zieht sich dann mit einem verschlagenen Grinsen zurück. Allerdings nur, um sich zu bücken, damit er mir in einer Bewegung das Kleid über den Kopf ziehen kann.

Die Gruppe hinter uns kann sicher sehen, dass wir uns gerade ausziehen, aber um Details zu erkennen, sind sie zu weit entfernt.

Ich trete ganz nah an Alex heran und mache mich an seinem Hosenknopf zu schaffen. Sobald ich ein wenig Platz habe, schiebe ich meine Finger in die Boxershorts und nehme seinen Schwanz in die Hand. Das Blut pumpt spürbar unter meinen Fingerkuppen, innerhalb weniger Sekunden ist er vollständig hart.

„Wenn du ohne Zuschauer rummachen willst, dann müssen wir ins Wasser, alter Mann."

Er grummelt vor sich hin, aber mit meiner Hand an seinem Schwanz, ist er nicht in der Lage, wütend zu werden. Während er sich das T-Shirt über den Kopf abstreift, gehe ich auf die Knie und ziehe seine Hose mit runter. Alex fährt durch meine Haare und schaut auf mich hinab, da ich keine Anstalten mache, wieder aufzustehen.

Es ist zu dunkel, um aus der Entfernung mehr als Schemen auszumachen, trotzdem sind wir hier ziemlich entblößt. Dessen ungeachtet nimmt Alex seinen Ständer in die Hand und streicht die von einem Lusttropfen benetze Eichel über meine leicht geöffneten Lippen. Ich lecke über die seidige Haut und entlocke ihm damit ein leises Stöhnen. Auf wackeligen Beinen steigt er aus seiner Hose und streift sich gleichzeitig die Schuhe ab.

Bevor ich eine Chance bekomme, ihn in den Mund zu nehmen, zieht er mich hoch und geht noch im selben Moment vor mir auf die Knie, um mein Höschen abzustreifen. Er vergräbt sein Gesicht in meinem Schoß und atmet tief ein.

„Ich liebe deinen Duft", seufzt er und streicht mit der Nasenspitze über meinen Venushügel. Unwillkürlich schiebe ich ihm mein Becken entgegen, doch er lässt mich hängen und steht auf.

„Nicht hier. Dafür habe ich dich lieber auf dem Rücken in einem weichen Bett. Du bist zu laut und zu unruhig, um dich hier von mir im Stehen lecken zu lassen." Er legt seine Arme um mich und lässt mich dabei gemeinerweise seinen harten Schwanz spüren. „Und ich weiß genau, was du tust", flüstert er in mein Ohr. „Du kannst mich noch so oft als alten Mann betiteln, damit hältst du mich nicht mehr fern."

Mit einem lauten Klatschen trifft seine flache Hand auf meinen nackten Hintern. Erschrocken quietsche ich auf und will mich gleich rächen, doch er ist schon an mir vorbei ins Wasser gestürmt.

Vorsichtig wate ich hinterher und hebe drohend meinen Zeigefinger. „Das kriegst du zurück."

„Na, dann komm her. Ich kann es nicht erwarten." Er macht bereits die ersten Schwimmzüge zur Mitte des kleinen Sees.

Das Wasser ist durch die Hitze der letzten Wochen ganz gut aufgewärmt, aber trotzdem noch kälter als ich es erwartet habe. Ich kann nicht abstreiten, dass es in der Dunkelheit etwas unheimlich ist, in das recht trübe Wasser reinzugehen. Das sind immer die Momente, in denen mir Szenen aus den schlechtesten Horrorfilmen in den Kopf kommen.

Auf der Stelle schwimmend wartet Alex, dass ich zu ihm komme, also nehme ich meinen Mut zusammen und gehe auf ihn zu, bis es auf den letzten Meter zu tief wird und ich nur noch schwimmen kann. Was soll mir schon passieren? Er wartet ja schließlich auf mich.

„Das ist aber zu tief zum Fummeln. Wenigstens einer von uns bräuchte etwas zum Festhalten.“

„Es ist nicht nur zu tief, es ist auch wesentlich zu kalt. Für mich zumindest.“ Grinsend deutet er mit dem Kinn nach unten.

„Das ging aber schnell.“ Ich schwimme zu ihm und stoppe nur wenige Zentimeter vor ihm. Jetzt würde ich gerne meine Arme um ihn legen und ihn küssen, doch dann ziehe ich uns nachher beide nach unten.

„Gib mir eine Minute mit deiner Hand auf dem Festland und ich bin wieder voll für dich da.“

„Sehr romantisch, Alex. Ich bin also nur eine Hand für dich.“

Ich verstehe selbst nicht, woher mein zickiges Benehmen kommt. Das ist nicht meine Art. Ich bin nicht die Frau, die durch unnötig kompliziertes Verhalten Aufmerksamkeit erregen muss.

Alex hingegen lässt sich überhaupt nicht beeindrucken und bringt mich auf seine Weise runter.

„Ich liebe dich, Ela!“, sagt er mit Bestimmtheit und nimmt meine Hand, um mich nah an sich zu ziehen.

„Ich weiß.“ Eine großartige Antwort, für die ich mich ohrfeigen möchte. Keine Reaktion wäre da immer noch besser gewesen.

Alex seufzt und starrt über meine Schulter ans Ufer.

„Hättest du lieber die Kleine aus dem Club mit nach Hause genommen?“

„Nein, Alex. Hätte ich nicht.“

„Was ist es dann? Bin ich alleine damit? Ist das nur ein bisschen verbotener Spaß, den du mitmachst, solange es reizvoll ist?“

Ich verstehe seine Frustration, aber ich weiß nicht, was er von mir will, und warum das alles auf einmal meine Schuld ist.

„Das muss ich mir nicht anhören.“ Ich stoße mich von ihm ab und schwimme zum Ufer. Zwar folgt er mir, doch nicht um mich zurückzuhalten. In einer unangenehmen Stille ziehen wir uns nebeneinander an. Alex kämpft damit, die Jeans über seine nasse Haut zu schieben, weil wir natürlich keine Handtücher mitgenommen haben. Da ich nur ein Kleid überwerfen und meinen Slip anziehen muss, bin ich schneller fertig und gehe ich auf nackten Füßen alleine zurück zum Eingang.

„Ela“, höre ich ihn hinter mir ergeben seufzen, als er wenige Momente später zu mir aufholt. „Warte bitte. Ich trag dich zum Auto.“

„Es geht schon.“ Eine blanke Lüge, denn der Kiesweg unter meinen Fußsohlen tut höllisch weh.

Alex überholt mich und zwingt mich dazu, stehenzubleiben. „Sei nicht so stur.“ Und dann wirft er mich einfach über seine Schulter und trägt mich die restlichen Meter bis zum Auto. Vorsichtig setzt er mich an der Beifahrertür ab und holt meine Schuhe aus dem Kofferraum.

Bevor er die Türen öffnet, geht er tatsächlich vor mir auf die Knie und streift mir die High Heels über.

„Es ist egal, wie beschissen ich dich behandele, du bist

immer noch nett zu mir. Ich hasse das.“

„Tust du nicht.“ Er steht auf und schlingt seine Arme um meine Taille. „Und normalerweise bist du auch nicht so. Was ist los?“

„Nichts. Ich weiß auch nicht. PMS wahrscheinlich.“ Vielmehr die Wut darüber, dass wir gut zusammenpassen und trotzdem nie mehr als ein schmutziges Geheimnis bleiben können.

„Schlaf bei mir heute Nacht. Ich mache dir Frühstück. Mein Kaffee ist besser, nichts für ungut, und meine Dusche ist wesentlich komfortabler für eine entspannte Nummer am Morgen.“

Lächelnd vergrabe ich meinen Kopf an seiner Schulter. Er ist einfach viel zu gut für mich.

14.

Alex wohnt in einem netteren Teil der Stadt. Auch wenn er nur ein kleines Apartment mit einem Schlafzimmer hat, kann man bei ihm wenigstens bedenkenlos mitten in der Nacht vom Auto zur Haustür spazieren. Es ist nicht so, als würde ich im Ghetto wohnen, aber die Nähe zum Industriegebiet macht es gerade am späten Abend manchmal etwas unheimlich.

„Hast du noch Hunger?“, fragt Alex und zeigt auf die Pizzeria nur ein paar Meter von der Wohnung entfernt. Routiniert parkt er den Wagen in seiner zugewiesenen Parkbucht und stellt den Motor ab. Er dreht sich zu mir und wartet auf eine Antwort, doch ich kann mich nicht länger zurückhalten und muss ihn jetzt sofort spüren. Anscheinend sieht er es in meinen Augen, denn als ich mich abgeschnallt habe, schiebt er seinen Sitz nach hinten, greift nach meinem Handgelenk und hilft mir rittlings auf seinen Schoß. Sein Stellplatz liegt zum Glück relativ geschützt vor neugierigen Blicken, weswegen ich ihn gewähren lasse, als er seine Hände unter mein Kleid schiebt und meine Pobacken knetet, während wir uns leidenschaftlich küssen.

„Ich habe Hunger“, wispere ich an seinen Lippen. „Aber nicht auf Pizza.“ Langsam reibe ich mich an seinem Schritt und genieße es, ihn unter mir wachsen zu fühlen.

„Dann sollten wir das schleunigst nach drinnen verlegen.“

Alex hilft mir auf den Beifahrersitz, damit er sich auch abschnallen und den Zündschlüssel ziehen kann. Nach einem weiteren Kuss steigt er nur einen Moment vor mir aus.

„Ach du Scheiße!“

Ich brauche mehrere Sekunden, bis ich die Ursache seines Fluches verstehe. Genau die Person, die uns nicht in dieser Situation erwischen sollte, wartet mit den Händen in den Hosentaschen auf dem Bürgersteig. Steffen, der auf Alex' Seite des Autos steht, hat noch nicht ganz begriffen, was hier passiert. Doch als er schließlich erkennt, dass ich die Frau bin, die sich gerade an Alex gerieben hat, entfaltet sich vor meinen Augen eine hässliche Szene, die mich in meiner Scham völlig lähmt.

„Mein eigener Bruder fickt die Mutter meiner Tochter", spuckt er Alex voller Abscheu entgegen. „Eigentlich sollte es mich nicht überraschen. Du hast dich ja immer schon gerne um meine Missgeschicke gekümmert."

Ich dachte, er könnte mich nicht mehr verletzen, aber das ist ein Schlag in die Magengrube.

Alex' wunderschönes, warmherziges Gesicht verzieht sich zu einer hasserfüllten Grimasse. So habe ich ihn noch nie gesehen. Bis jetzt rührt er sich nicht, doch er ist angespannt wie ein Raubtier auf dem Sprung.

„Die Mutter deiner Tochter, das hast du ganz richtig erkannt. Dennoch hast du nicht mehr Respekt für sie übrig als für den Dreck unter deinem Schuh." Seine Worte sind leise und von einer Kälte getränkt, die mir einen Schauer über den Rücken laufen lässt. Ich bin nicht imstande mich zu bewegen und halte mich krampfhaft an der offenen Autotür fest. Die Tränen in meinen Augenwinkeln drohen überzulaufen, doch ich kämpfe dagegen an.

„Wo ist denn unser Kind?", wendet sich Steffen an mich. „Wohin schiebst du sie ab, wenn du mal wieder für irgendwelche dahergelaufenen Typen die Beine breitmachst?" Ruckartig fliegt sein Gesicht zur Seite. Alex hat ihm eine saftige Ohrfeige verpasst. Den jetzt aufkeimenden Schluchzer kann ich nicht zurückhalten. Erst war es die Scham, doch jetzt lähmt mich die Angst. Nicht vor Alex, sondern davor, dass Steffen zurückschlagen könnte, und dass die beiden in eine Prügelei geraten, in die ich nicht eingreifen kann, ohne mich selbst zu verletzten.

Doch Steffens Reaktion gleicht der eines trotzigen kleinen Jungen. Zugegeben, Alex hätte ihn mit der Faust schlagen können, stattdessen hat er ihn wie den Waschlappen abgewatscht, der er ist.

„Du betrügst mich auf eine so eklige Art und Weise und dann besitzt du auch noch die Frechheit, mich zu schlagen", sagt er mit weinerlicher Stimme und macht zwei Schritte zurück. Als hätte er Angst, sich noch eine zu fangen. Er hat nichts verstanden, es geht immer nur um ihn. Wenn er mich auf so üble Weise verletzt, habe ich das einfach zu schlucken. Und wenn ich es nicht tue, dann sind selbstverständlich alle anderen schuld.

Mit einer Hand an seiner Wange zeigt er abwechselnd auf Alex und mich und ringt auf peinliche Weise um Worte. Er sollte sich gut überlegen, was er als Nächstes sagt, denn Alex' Anspannung hat keinen Deut nachgelassen. Nur eine falsche Äußerung und er geht wieder auf ihn los.

„Das hat ein Nachspiel", faucht er mir entgegen. Wie ein bockiges Kleinkind dreht er sich auf dem Absatz um und stampft davon.

Ich könnte über sein Verhalten lachen, wenn ich nicht am ganzen Körper zittern würde.

„Ela? … Ela? … Daniela!"

Ich höre ihn erst, als er direkt neben mir steht. Vorsichtig löst er meine Hand von der Autotür. Obwohl sein Bruder weiterhin in Sichtweite ist, legt er seine Arme um mich.

„Es tut mir leid“, flüstert er und lässt mich einfach an seiner Schulter weinen. Steffen hatte immer ein Talent, mich aus dem Gleichgewicht zu bringen, aber im Zusammenhang damit, dass er Alex und mich erwischt hat, macht es das nur noch schlimmer.

„Ist er weg?“, schluchze ich an seinem Hals, wobei ich kaum glaube, dass er nach dieser Szene noch mal zurückkommt.

„Schon längst. Komm, wir gehen rein. Du zitterst.“

In seiner Wohnung platziert Alex mich auf dem Sofa und legt mir eine Decke um die Schultern.

„Tee oder Wein?“, fragt er und küsst mich auf den Scheitel.

„Beides.“

Über seine besorgte Miene zieht ein Anflug von Schuldbewusstsein, auch wenn es kaum durch die unterdrückte Wut durchdringt. „Ich hätte das nicht tun sollen. Du weißt, dass ich so nicht bin. Aber Ela, ich kann nicht zulassen, dass er so mit dir spricht.“ Alex ist der friedfertigste Mensch, den ich kenne und lässt sich selbst nach der langen Zeit von den Sticheleien meines großen Bruders nicht aus der Ruhe bringen. Sein eigener Bruder ist da allerdings eine ganz andere Geschichte.

Ich nehme seine Hand und ziehe ihn zu mir hinunter, bis wir auf Augenhöhe sind. „Das weiß ich, Alex. Es ist Steffen. Er macht uns alle zu Menschen, die wir nicht sein wollen und eigentlich gar nicht sind. Ich weiß es zu schätzen, dass du mich verteidigen und beschützen willst, aber nicht um den Preis, dass du dich selbst verletzt.“

„Ich weiß nicht, was in mich gefahren ist. So wütend hat er

mich schon lange nicht mehr gemacht. Ich glaube, er war ziemlich …“

„Er war was?“ Ich befürchte, ich kenne die Antwort, auch wenn ich es vorhin nicht erkennen konnte.

„Er war ziemlich high“, seufzt er und zuckt mit den Schultern. „Ich gehe davon aus, dass es nur Cannabis ist, aber davon mal wieder eine Menge.“

Das würde seine milde Reaktion auf Alex‘ Schlag erklären.

Zusammengesunken sitzt er neben mir. Nachdem er mich mit Wein und Tee versorgt hat, nippt er wortlos an einem Whisky. So niedergeschlagen habe ich ihn schon lange nicht mehr erlebt.

„Er driftet wieder völlig ab. Was sollen wir jetzt tun, Alex?“

Mit einem großen Schluck leert er den Inhalt seines Glases und stellt es unsanft auf dem Tisch ab. „Ich habe dermaßen die Schnauze voll von seinen Allüren und dem ständigen Drang, im Mittelpunkt zu stehen.“

„Das ist nichts Neues. Aber ist dir vielleicht entgangen, dass er uns erwischt hat?“

„Ist es ganz sicher nicht. Die Katze ist aus dem Sack. Keine Ahnung, was er damit anstellt.“

Seine Gleichgültigkeit in Bezug darauf macht mich etwas wütend.

„Wie ich ihn kenne, wird er das an Anna auslassen. In welcher Form auch immer. Da ich mich ja ohnehin nicht um mein Kind kümmere und mich dafür lieber mit wechselnden Männern vergnüge.“

Alex greift mit seiner Hand an meinen Fuß, der zur Hälfte unter der Decke rausschaut. Mir ist nicht mehr kalt, aber unter der Decke fühle ich mich besser.

„Das ist Schwachsinn und du weißt es. Nur weil du nicht 24 Stunden am Tag auf deinem Kind gluckst, sondern arbeitest, bis vor kurzem studiert hast und ab und zu mal feiern gehst, bist du noch lange keine schlechte Mutter. Ich kann nicht fassen, dass du dir das gerade von ihm, dem Vater des Jahres, so zu Herzen nimmst."

In der Theorie weiß ich das, aber was wäre Mutterschaft ohne eine gesunde Portion Schuldgefühle?

„Egal was seine Gründe sind, er kann so einfach nicht weitermachen."

Der Abend hätte gut werden können, doch auf die eine oder andere Weise hat sich dieses Unwetter schon am See angekündigt.

„Im Augenblick kotzt mich am meisten an, dass er uns die Nacht versaut hat."

Ihn sollte mehr nerven, dass wir aufgeflogen sind, aber ich sehe auch, wie kostbar unsere ungestörten Stunden sind.

15.

Meine Tochter ist vermutlich das einzige Kind, welches mit Freuden eine Kinderarztpraxis betritt. Das liegt aber nur daran, dass ihr liebster Onkel Jakob mit seinem Freund Paul die Praxis betreibt und sie den beiden bedingungslos vertraut. Heute sind wir außerdem auch nicht wegen ihr hier.

Da gerade die Mittagspause beginnt, geben wir uns mit Rita, eine der netten Arzthelferinnen, die Klinke in die Hand. Nachdem sie Anna begrüßt hat, wendet sie sich an mich.

„Keine gute Stimmung da drin", warnt sie mich. „Die zwei haben sich schon den ganzen Morgen in den Haaren. Kindchen, frag mich nicht, warum, aber es geht wohl um Kati. Du weißt, ich misch mich nicht ein, ich wollte es nur gesagt haben."

Rita ist eine der wenigen Personen außerhalb unserer Familie, die um die Beziehung der drei weiß.

„Danke, Rita", sage ich und lege ihr eine Hand auf die Schulter. „Genau deswegen bin ich hier. Ich glaube, die beiden Doktoren brauchen einen kleinen Dämpfer."

„Du bekommst das schon hin", sagt sie mit einem wissenden Grinsen. „Die Praxis ist leer. Geh ruhig durch. Sie sind im Sprechzimmer."

„Mama, kann ich im Wartezimmer auf dem Piratenschiff spielen?"

„Ich hab nichts dagegen, aber du solltest trotzdem erst Paul oder Jakob fragen."

In den 15 Sekunden, die ich brauche, um mich von Rita zu verabschieden, ist Anna ins Sprechzimmer und zurück ins

Wartezimmer geflitzt. Das war dann wohl eine positive Antwort.

Im Gegensatz zu meiner Tochter ziehe ich es vor, zuerst anzuklopfen, bevor ich den Raum betrete. Erfahrungsgemäß ist das die sicherere Lösung, da auch Jakob und Paul oft Schwierigkeiten haben, die Finger voneinander zu lassen.

Paul begrüßt mich mit einem Kuss auf die Wange und bietet mir einen Stuhl an. Mein Bruder steht mit nacktem Oberkörper in der Ecke, da er gerade von seiner OP-Kleidung in Jeans und T-Shirt wechselt.

„Alles okay?“, fragt er, als er wieder bekleidet ist. „Wir sind eigentlich auf dem Sprung.“ Er drückt mich kurz an sich und lässt sich dann in dem Stuhl neben mir nieder. Paul setzt sich auf die Tischkante und sieht zu uns runter.

„Lasst mich raten. Vermutlich auf direktem Weg ins *Trudi's*?“

Jakob und Paul tauschen irritierte Blicke aus.

„Ja, das war der Plan“, sagt Paul. „Gibt es ein Problem?“

„Noch nicht, aber wenn ihr so weitermacht, dann bald schon. Ihr müsst dringend ein paar Stufen runterschalten, sonst dreht Kati komplett durch.“

Und wieder die irritierten Blicke. Männer können so ahnungslos sein.

„Was haben wir denn jetzt falsch gemacht?“ Mein Bruder geht gleich in Abwehrhaltung.

„Ihr macht nichts falsch, nur von allem viel zu viel. Kati kann keinen Atemzug mehr tun, ohne dass ihr jemand den Blutdruck misst oder sie in irgendeiner anderen Weise verarztet. Sie ist völlig durch den Wind.“

„Warum?“, fragen mich die Männer gleichzeitig und so laut, dass ich erschrocken zusammenzucke.

„Weil sie gerade nicht weiß, wo vorne und hinten ist.“ Ich muss einmal tief durchatmen, um nicht auszuflippen. Männliche Ignoranz ist ab einem bestimmten Maß einfach nicht zu ertragen. „Sie macht sich Sorgen wegen ihrer Vorgeschichte. Ihr wisst beide, wann ihre Mutter diagnostiziert worden ist.“

„Natürlich wissen wir das. Deswegen kümmern wir uns doch so um sie“, fährt mein Bruder mich von der Seite an. Paul legt ihm eine beruhigende Hand auf den Unterarm. Ihm scheint ein Licht aufzugehen. Gott sei Dank.

„Ja, Jakob. Das ist auch wunderbar. Was ihr nicht merkt, ist, dass Kati ihre Männer braucht und die Väter ihres Babys. Sie will verdammt noch mal keine weiteren Ärzte. Sie ist nicht panisch, weil sie Angst hat, dass sie nicht genügend überwacht wird, sondern weil sie permanent kontrolliert und damit von euch ständig erinnert wird. Sie ist schwanger, nicht krank. Ja, sie sollte regelmäßiger untersucht werden als andere Frauen. Aber das ist nicht eure Aufgabe. Als Ärzte müsst ihr dringend einen Schritt zurücktreten, sonst macht ihr sie verrückt.“

„Mama?“ Anna steht mit zitternder Unterlippe in der offenen Sprechzimmertür. „Nicht streiten.“

„Es ist alles okay, Schatz.“ Ich strecke die Arme aus, in die sie sich sofort stürzt. „Wir streiten nicht, wir diskutieren nur.“

„Aber ihr wart laut“, murmelt sie an meiner Brust. Sie ist so sensibel und stellt gleich ihre ganze Welt infrage, wenn Erwachsene einmal energischer werden. Glücklicherweise konnte ich jede Auseinandersetzung mit ihrem Vater bisher von ihr fernhalten.

„Entschuldige, Anna. Wir wollten dich nicht erschrecken.“ Jakob legt ihr eine Hand auf die Schulter. „Wollen wir mal schauen, ob Rita noch ein paar von den Fruchtgummis in ihrer Schublade versteckt hat?"

„Die Fledermäuse?" Zaghaft hebt sie den Kopf.

„Die Fledermäuse. Und ich glaube, ich hab da auch ein paar Kaugummilutscher entdeckt."

Er streckt Anna seine Hand entgegen, die sie nimmt. Sofort ist der Schreck vergessen und mein verteufelter Bruder hat einen Weg gefunden, sich dem Gespräch zu entziehen.

„Aber nur eine Sache, Jakob. Ich wollte gleich mit ihr Pizza essen gehen."

„Das ist doch alles zuckerfrei", ruft er mir nur über seine Schulter zu, als ob ihr das nicht den Appetit verderben könnte. Seufzend sinke ich in mich zusammen und reibe mir den Stress aus dem Gesicht. Eigentlich mische ich mich nicht in anderer Leute Angelegenheiten ein.

„Bist du okay?", fragt Paul und setzt sich auf den freigewordenen Platz neben mir.

„Was? Ich? Ja, natürlich. Ich hätte besser meine Klappe gehalten. Es geht mich ja nichts an. Aber Kati war wirklich nicht gut drauf und ich wollte nur helfen."

„Hast du, Süße!", sagt er und zieht mich an seine Schulter. Paul ist besonnener als mein Bruder und ich weiß, dass der größte Stress von Jakob ausgeht. „Er denkt darüber nach, selbst wenn er tut, als würden wir alles richtig machen. Ich bin froh, dass du Bescheid gesagt hast. Manchmal braucht es einen Außenstehenden, um einem die Augen zu öffnen."

„Ihr habt noch über ein halbes Jahr vor euch", sage ich. „Und es wird nicht einfacher. Mich wundert nur, dass gerade er so reagiert, wo er das mit Eliana schon mal durchgemacht hat."

„Hat er eben nicht, Dani. Sie waren doch schon geschieden, als die Kleine entstanden ist und er hatte keine andere Chance, als den passiven Beobachter zu spielen."

Mein Bruder hat ein riesengroßes Herz und deswegen wohl auch immer das chaotischste Liebesleben, was man sich vorstellen kann. Aber das liegt anscheinend in der Familie.

„So geht es nicht weiter."

„Das sehe ich", gesteht Paul ein. „Ich werde ihn zurückpfeifen."

Mit einer hochgezogenen Augenbraue schaue ich ihn an.

„Und natürlich werde ich mich auch selbst zurückhalten", fügt er grinsend hinzu. Damit muss ich mich zufriedengeben und ich will nur hoffen, dass sie es sich zu Herzen nehmen.

„Bevor ich es vergesse. Ich wollte dich fragen, ob ich mit Anna in der letzten Ferienwoche dein Ferienhaus haben kann. Vor der Einschulung möchte ich gerne noch eine Woche mit ihr weg." Dass Alex mitkommt, sage ich ihm nicht.

„Jederzeit, Dani. Solange wir nicht da sind, darfst du immer den Schlüssel haben. Wären mehr Schlafzimmer vorhanden, dann natürlich auch mit uns zusammen."

„Danke, Paul. Du bist der Beste." Lächelnd drücke ich ihm einen Kuss auf die Wange.

„Na, na, Schwesterherz. Muss ich eifersüchtig werden?" Jakob steht mit Anna an der Hand in der Tür und sieht uns mit schief gelegtem Kopf an.

„Keine Sorge, großer Bruder. Der gehört dir und Kati", sage ich mit einem Zwinkern. „Aber um sicherzugehen, dass ihr Selbige nicht doch noch bei der Arbeit belästigt, geht ihr jetzt mit uns Pizza essen. Danach löse ich sie im *Trudi's* ab, damit sie die Beine hochlegen kann."

Sein genervtes Stöhnen wird durch die Freudenschreie meiner Tochter übertönt. Und nur weil die sich so freut, wird er mir das natürlich nicht abschlagen.

16.

Seit wir unsere Affäre, oder was auch immer das ist, begonnen haben, ist es schwer, mich mit Alex‘ selbstverständlicher Anwesenheit in meiner Familie zurechtzufinden. Vorher war es zwar nicht einfach, doch seitdem ich ihn einmal nackt gesehen, seine Hände und seinen Mund auf mir und ihn in mir gespürt habe … Ich schweife ab.

Aber ich kann es drehen und wenden, wie ich will, ich werde ihn nicht von mir und somit von Anna fernhalten. Das möchte ich auch gar nicht. Meine Tochter liebt ihren Onkel und das könnte ich ihr niemals vorenthalten. Selbst wenn das zwischen uns zerbricht, und das wird es sicher, müssen wir uns trotzdem für die Kleine zusammenreißen.

Alex sitzt mit Bumblebee auf dem Schoß am Küchentisch und bereitet eine Spritze vor, während Anna danebensteht und interessiert zusieht. Leider haben wir ein Prachtexemplar von Katze erwischt, die jegliche Einnahme von Medikamenten verweigert und auch mit sanfter Gewalt heruntergezwungenen Pasten Sekunden später wieder hochwürgt. Zum Glück haben wir unseren Tierarzt, der nur für uns einen Hausbesuch zur Entwurmung macht.

„Anna, willst du nicht lieber kurz in dein Zimmer gehen? Das musst du dir nicht ansehen.“

Bumblebee ist noch völlig arglos und rollt sich entspannt zur Seite.

„Quatsch, Mama. Das hab ich schon ganz oft gesehen, wenn ich Alex bei der Arbeit helfe. Ich bin doch kein Baby mehr."

Meinem skeptischen Blick begegnet er nur mit einem Schulterzucken. „Mach dir keine Sorgen, Mama. Für Kinder herrscht absolutes OP-Verbot. Außerdem keine Einschläferungen und Unfallopfer. Alles andere kann sie verkraften."

„Schließlich werde ich später auch Tierärztin", verkündet meine Tochter selbstbewusst und wirft dabei in einer dramatischen Geste ihren geflochtenen Zopf über die Schulter. „Da kann man gar nicht früh genug anfangen."

Kürzlich wollte sie noch Reiterin werden und auf keinen Fall jemanden aufschneiden müssen.

„Na ja, nach den Ferien fangen wir erst mal mit dem Lesen, Schreiben und Rechnen an. Für alles andere hast du noch viel Zeit."

Alex schüttelt den Kopf. „Unsinn!", sagt er mit Nachdruck, zwinkert mir jedoch heimlich zu. „Allmählich muss ich doch mal meine Nachfolgerin einarbeiten. Schließlich hab ich keine eigenen Kinder und ich will das ja nicht ewig machen."

„Vielleicht ändert sich das irgendwann. Wenn du nur die richtige Frau findest." Dafür ernte ich ein böses Funkeln aus Alex' Richtung. Noch im selben Moment möchte ich mir auf die Zunge beißen. Zurücknehmen kann ich diese Worte nicht. Ich will ihm nicht wehtun, aber wie soll ich sonst darauf reagieren?

Alex zeigt Anna, wo sie Bumblebee festhalten muss, damit er ihr ungestört die Spritze verabreichen kann. Die beiden sind ein eingespieltes Team und machen das offensichtlich nicht zum ersten Mal. Unsere Katze zuckt nicht mal unter dem Einstich und macht auch deswegen keine Anstalten, sich von Alex zu entfernen, als er die benutzte Kanüle fachgerecht in einem verschlossenen Plastikcontainer entsorgt.

„Schatz, jetzt wird es aber Zeit fürs Bett. Geh schon mal Zähne putzen. Ich komme gleich noch und sag dir gute Nacht."

„Aber Mama …"

„Nichts aber", würge ich ihr allabendliches Nörgeln ab. „Ab ins Badezimmer."

„Alex hat versprochen, dass er mir etwas vorliest." Empört stampft sie mit dem Fuß auf.

Fragend sehe ich zu Alex. „Hat er", bestätigt er mit einem entschuldigenden Schulterzucken, während er seine Utensilien in die Tasche packt.

„Okay. Macht nicht zu lange." Ergeben räume ich die Reste des Abendessens vom Tisch. Anna flitzt ins Badezimmer, vermutlich in der Angst, dass ich es mir anders überlege.

Ich stehe am offenen Kühlschrank, als er einen Arm um meine Schultern schlingt und an meiner Halsbeuge tief einatmet.

„Denk an Anna", erinnere ich ihn, obwohl ich es viel zu sehr genieße, ihn nah zu spüren.

„Sie ist im Bad und malt wahrscheinlich gerade Strichmännchen aus Zahnpasta ins Waschbecken."

Er kennt jede Unart meiner Tochter. Dinge, die eigentlich ein Vater wissen sollte.

„Machst du uns einen Tee?", fragt er leise. „Dann bin ich gleich wieder bei dir."

Ich nicke nur, aber umdrehen kann ich mich nicht, sonst würde er meine Tränen sehen.

Manchmal wünsche ich mir, er würde mir sagen, dass es einen Weg gibt. Auch wenn es eine Lüge ist.

Auf der Seite zusammengerollt liege ich auf der Couch und warte auf Alex. Die Teetassen vor mir sind nur noch lauwarm und meine Lider werden allmählich schwer, als ich endlich höre, wie sich Annas Zimmertür schließt.

„Dir ist bewusst, dass sie dich völlig im Griff hat, oder?“, frage ich, als er mit den Händen in den Hosentaschen vor mir stehen bleibt.

„Na, das hoffe ich. Ihre Mama hat das ja schon geschafft.“ Er streichelt über meinen Oberarm, macht aber keine Anstalten, zu mir zu kommen.

„Du willst bestimmt nach Hause.“ In der Hoffnung, dass er noch etwas bleibt, ziehe ich die Beine an, damit er sich setzen kann.

„Wie kommst du darauf?“ Er nimmt meine wortlose Einladung an und setzt sich auf den freien Platz.

„Weil du wahnsinnig viel Zeit mit uns verbringst.“

„Fängst du schon wieder an?“ Er nimmt meine Füße auf seinen Schoß und zählt meine Zehen.

„Hör auf damit!“ Ich ziehe sie weg und setze mich auf.

„Warum?“ Grinsend beugt er sich runter und greift nach meinen Fußgelenken.

„Ich warne dich. Mit meinen Zehen willst du dich nicht näher befassen.“ Hastig ziehe ich die Beine hoch und verstecke die Füße unter meinen Hintern.

„Warum? Weil du Hobbitfüße mit Drahthaaren auf den Zehen hast?“

Wie bitte? Das kann er nicht wissen. Ich habe immer sorgfältig darauf geachtet, meine nackten Zehen nur enthaart zu zeigen.

„Woher weißt du das? Rede ich im Schlaf?“

Alex schüttelt lachend den Kopf. „Kannst du dich wirklich

nicht mehr erinnern?“

„Woran?“ Niemals würde ich mein schmutzigstes Geheimnis preisgeben.

In aller Seelenruhe nimmt er seine Tasse vom Tisch, verzieht aber angeekelt das Gesicht, als er bemerkt, dass der Tee schon kalt ist.

„Erinnerst du dich nicht an die Party, von der ich dich damals mal abgeholt habe? Du müsstest ungefähr 17 gewesen sein. Du warst so betrunken, dass du dich nicht getraut hast, deinen Bruder anzurufen, der dich eigentlich abholen wollte.“

„Das erklärt nicht meine Füße.“

„Du hast geheult und geflucht, weil Steffen dich auf dieser Party links liegen gelassen hat, um mit anderen Weibern zu tanzen. Und dann hast du mir verkündet, dass das sicher nur an den drahtigen Haaren auf deinen knubbeligen Zehen liegt. Kurz bevor du aus dem Fenster auf der Beifahrerseite gekotzt hast.“

„Daran habe ich keine Erinnerung. Ich weiß noch, dass du mich abgeholt hast, aber mehr nicht.“ Beschämt lege ich die Hände vors Gesicht, doch Alex zieht sie gleich wieder weg, um mich anzusehen.

„Damals hat es angefangen. Meine Gefühle für dich. Ela, ich hab mich so schuldig gefühlt.“

„Alex …“, seufze ich. Unter normalen Umständen habe ich keine Probleme, meine Emotionen zum Ausdruck zu bringen. Aber wenn ich es ihm gegenüber ausspreche, wird alles nur noch komplizierter.

Alex nickt und verschränkt unsere Finger miteinander, nur um sich zurückzulehnen und mich auf sich draufzuziehen. Wir haben nicht weiter darüber gesprochen, was bei dem Zusammentreffen mit Steffen vorgefallen ist. Keiner von uns beiden scheint sich an das Thema ranzutrauen. Es führt ja auch zu nichts, denn es gibt kein Zurück mehr. Wir können nur hoffen, dass er damit nicht hausieren geht. Bis jetzt hat er sich nicht bei mir gemeldet und dieses eine Mal beunruhigt mich die Funkstille.

„Deine Füße sind perfekt“, flüstert er direkt an meinem Ohr und fährt mit der Zungenspitze über die Konturen meiner Ohrmuschel. „Und ich war froh, dass du trotz deines Alkoholpegels noch den Knopf für die elektrischen Fensterheber gefunden hast.“ Ich bin erleichtert, dass er seinen Gefühlsausbruch nicht weiter fortführt. Alex hat sein Herz immer auf der Zunge getragen und das ist eigentlich eines der vielen Dinge, die ich an ihm liebe.

Lachend will ich mich von ihm lösen, doch er schafft es mit erstaunlicher Stärke und Geschick, uns beide herumzurollen, sodass ich jetzt unter ihm liege und mich nicht aus eigener Kraft befreien kann.

„Du bist hart“, stelle ich fest und wackele mit den Hüften, um mich an ihm zu reiben. Sofort fühle ich ihn noch weiter anschwellen.

„Das bin ich immer, sobald ich dich an mir spüre.“ Seine Hände wandern langsam unter mein Shirt, während er zärtlich meinen Hals küsst.

„Alex“, stöhne ich halbherzig und versuche, ihn von mir zu schieben.

„Sag mir, ich soll aufhören!“ Geschickt lässt er seine Daumen um meine harten Nippel kreisen. Er weiß schon viel zu gut, wie er mich willenlos bekommt.

„Nicht aufhören, pausieren. Was ist, wenn Anna nochmal rauskommt?“ Das ist wohl Alltag bei normalen Elternpaaren. Kinder als permanente Sexbremse. Mit diesem Zustand habe ich mich bisher nie auseinandersetzen müssen.

„Wird sie nicht, aber okay.“ Seufzend setzt er sich auf und zieht mich mit hoch. „Ich mach uns einen frischen Tee.“ Er greift nach den Tassen, doch bevor er aufsteht, lege ich meine flache Hand auf seinen Rücken.

„Alex, es tut mir leid.“

„Es gibt nichts zu entschuldigen“, sagt er, ohne mich anzusehen. „Ich bereue keine Sekunde.“

„Ich bereue auch nichts. Nur die Tatsache, dass wir alle belügen, weil wir keine andere Wahl haben.“

Abgesehen von Steffen, der jetzt Bescheid weiß. Es ist erst wenige Tage her und ich warte immer noch darauf, dass diese Bombe platzt.

Alex hebt nur die Schultern und sagt nichts weiter. Ich kann ihm nicht hinterhersehen, während er in die Küche geht. Zu sehr nimmt mich meine unbegründete Wut gefangen. Alles was ich will, so naiv es sein mag, ist seine Zusicherung, dass wir gemeinsam einen Weg finden. Aber die kann mir niemand geben, noch nicht mal die Person, von der ich sie am dringendsten brauche.

17.

Wieder ein Sonntag bei meinen Eltern und wieder mit Alex. Eigentlich wollte ich ihn nicht einladen, mitzukommen, um einfach mal Abstand von der Situation zu bekommen, aber Anna hat mir keine Chance gegeben. Für sie ist er ein Teil unserer kleinen Familie.

Es ist einer dieser unmenschlich heißen Tage, an denen man sich am besten so wenig wie möglich bewegt. Mein Bruder ist mit Anhang zu Hause geblieben, weil Katis Kreislauf bei den Temperaturen schlappgemacht hat. Als ich mit ihm am Telefon gesprochen habe, hatte ich fast das Gefühl, dass es ihn ein wenig glücklich macht, sie endlich wieder umsorgen zu dürfen.

Zum Mittagessen gab es nur einen Obstsalat, da keiner von uns Interesse daran hatte, in der Mittagshitze etwas Warmes zu essen. Mein Vater plant, heute Abend den Grill anzuwerfen, weswegen er sich jetzt ein Nickerchen gönnt, während meine Mutter in der Küche die ersten Vorbereitungen trifft.

Ich liege mit Anna auf einer Liege unterm Sonnenschirm und sehe dabei zu, wie Alex das Wasser im Planschbecken wechselt. Wir tragen noch unsere Bikinis und ihr warmer, kleiner Körper klebt an mir. Sie wird immer schläfriger und hat es sich auf meinem Bauch bequem gemacht, ihre Arme an den Seiten der Liege herunterhängend.

„Maus, soll ich dich nicht lieber ein bisschen ins Bett legen? Dann kannst du in Ruhe schlafen. Oma hat auch in deinem Zimmer die Jalousien zugemacht.“ Meine Eltern haben zwei

Gästezimmer, von denen eins aber inzwischen komplett von Anna belagert ist.

Mühsam hebt sie den Kopf und sieht mich mit verhangenem Blick an. „Zu alt für Mittagsschlaf!“, protestiert sie schwach. Ein feiner Speichelfaden zieht sich von ihrem Mund zu meinem Bikinioberteil.

„Du hast sie ganz schön ausgelaugt“, sage ich zu Alex, der zu uns rüber kommt, um sich ein Handtuch zu holen. Nur in einer schwarzen Schwimmshorts steht er an meiner Seite und trocknet sich sorgfältig den Oberkörper ab. Ich muss mich zusammenreißen, nicht selbst noch das Sabbern anzufangen.

Alex legt das Handtuch über den Stuhl neben mir und kniet sich zu uns. „Komm Anna, ich trag dich rüber. Nur für ein Stündchen. Danach machen wir zusammen das Planschbecken voll. Opa macht auch Mittagsschlaf.“

„Darf ich dann heute länger aufbleiben?“, fragt sie mit geschlossenen Augen. Das ist Jakobs Verdienst. Er hat ihr das Verhandeln beigebracht.

„Ja, darfst du“, antwortet Alex grinsend, obwohl ich noch gar nicht meine Zustimmung gegeben habe.

Mit einer hochgezogenen Augenbraue sehe ich dabei zu, wie er mein Kind von mir pflückt und sich behutsam über die Schulter legt. „Glaub mir, du willst es auch“, flüstert er mit einem Zwinkern. Ehe ich fragen kann, was er damit meint, trägt er sie schon vorsichtig ins Haus.

Er war nicht lange weg, doch in der Zwischenzeit muss ich eingenickt sein.

„Aufwachen, hübsche Frau. Ich muss dir dringend etwas zeigen“, wispert er ganz nah an meinem Ohr. Sein Atem kitzelt mich und beschert mir eine Gänsehaut.

„Was kann so wichtig sein, im Garten meiner Eltern?“, frage ich mit geschlossenen Lidern. Alex nimmt meine Hand und legt sie auf … Oh, nein! … auf die beachtliche Erektion in seiner Badehose. Erschrocken schlage ich die Augen auf, bin aber zu verwirrt, um sofort meine Finger wegzunehmen. Dafür schaue ich zum Haus, ob meine Eltern noch drinnen sind und sich auch keiner von ihnen an einem Fenster befindet.

„Dich hier im Bikini rumspringen zu sehen, war schon schwer genug. Doch dich schlafend auf der Liege zu finden, mit einem Bein leicht angewinkelt, dass ich durch den dünnen Stoff der Bikinihose deine Spalte erahnen kann … “ Er nimmt meine Hand, schaut sich sicherheitshalber noch einmal um, und zieht mich dann hoch und zu dem kleinen Holzhaus, das sich gut geschützt hinter einer Hecke im hinteren Teil des Gartens befindet. Ich sollte nicht, aber ich lasse mich anstandslos mitreißen.

„Wir dürfen das nicht tun. Nicht hier.“ Es ist ein halbherziger Versuch, ihn abzublocken, den ich mir selbst nicht glaube.

Alex schließt die Tür der Hütte und sperrt uns in der stickigen Hitze ein. Der muffige Geruch erinnert mich an viele Sommernächte, die ich hier mit meinen Freundinnen verbracht habe. Inzwischen hat mein Vater sie zu seiner kleinen Werkstatt umgebaut.

Er hebt mich auf die aufgeräumte Werkbank und schiebt sich zwischen meine gespreizten Knie. Sanft nimmt er mein Gesicht in seine Hände und schaut mich für einen Moment einfach nur an.

„Du hast keine Ahnung … “, wispert er, bevor er mich endlich küsst. Wovon genau ich keine Ahnung haben soll, weiß ich nicht, sein Kuss raubt mir ohnehin jeden klaren Gedanken. Seine Zunge fährt über meine Unterlippe und neckt mich, ihm entgegenzukommen. Ich will das Spiel seiner Zungenspitze bis in meinen Schoß spüren.

„Alex", wimmere ich an seinem Mund. Instinktiv schiebe ich ihm mein Becken entgegen, kann aber dennoch nicht ganz abschalten. „Was ist, wenn uns jemand erwischt?"

„Anna und dein Vater schlafen und deine Mutter hat sich in der Küche eingeschlossen. Wir sind ungestört." Das nehme ich als Aufforderung, meine Finger in seine Shorts zu führen, wo ich ihn schon sehr hart vorfinde.

Die Werkbank ist zu hoch, als dass er in dieser Position in mich eindringen könnte. Das merkt auch Alex, der immer wieder in meine Hand stößt, jedoch schnell frustriert ist, weil er noch nicht mal ansatzweise in die Nähe meiner Spalte kommt.

„Du bist ungeduldig", bemerke ich grinsend.

„Wir sind zwar ungestört, aber ich würde das jetzt nicht unnötig lange strapazieren." Er hilft mir wieder auf die Füße, dreht mich um und drückt meinen Oberkörper auf die Bank. Sofort ist er hinter mir und schmiegt sich an meinen Rücken. Ich spüre, wie er seine Hose noch ein Stück runter zieht, gerade weit genug um seinen Schwanz in die Freiheit zu entlassen. Auch mein Bikinihöschen schiebt er nur ein kleines Stück beiseite, um seine Eichel über meinen Kitzler gleiten zu lassen.

„Oh", keucht er, als er feststellt, wie nass ich bin. Meine Knie zittern. Wenn ich mich nicht an der Tischplatte festhalten würde, dann hätte ich Mühe, mich aufrecht zu halten. Mein Liebesleben mag eine Katastrophe sein, doch darunter hat mein Sexleben nie gelitten. Ich war immer leicht erregbar und konnte Sex auch in den stressigsten Zeiten genießen. Da bildet der Sex mit Alex keine Ausnahme. Aber mit ihm ist es viel mehr.

„Bitte!", flehe ich und schiebe ihm meinen Po entgegen. Alex beißt sanft in meine Schulter, während er langsam in mich eindringt. Sofort beruhigt er den Biss mit seiner Zunge und Lippen. Mit einem Arm umschlingt er meinen Oberkörper, um mit der freien Hand meinen Kitzler zu massieren. Träge bewegt er sich in mir, wodurch ich jeden verfluchten Millimeter von ihm spüre.

„Alex", bettele ich, auch wenn ich nicht weiß, worum.

„Davon werde ich nie genug bekommen." Sein unregelmäßiger Atem ist ein deutliches Zeichen für die Zurückhaltung, um die er kämpft.

„Härter", flehe ich.

„Dann komme ich auf der Stelle", raunt er durch seine zusammengebissenen Zähne.

„Ja, bitte!" Es gibt nicht Aufregenderes, als zu spüren, wie er die Kontrolle verliert.

„Nicht ohne dich." Mit Zeige- und Mittelfinger streicht er über meine Lippen. Er muss mir nicht sagen, was er von mir möchte. Während er weiterhin quälend langsam in mich stößt, nehme ich seine Finger in den Mund und sauge an ihnen. Ganz so als wäre es sein harter Schwanz, gleite ich mit der Zunge über die Spitze. Alex hält für einen Moment in seinen Bewegungen inne und spürt einfach nur, was ich dort mache. Das Gefühl wandert offenbar bis in seine Körpermitte, denn ich merke, wie sein Ständer heftig in mir pulsiert.

Die stickige Luft sorgt inzwischen dafür, dass meine Haare verschwitzt im Nacken kleben und immer wieder feine Schweißperlen zwischen meinen Schulterblättern herabrinnen, doch ihn stört das nicht. Er presst sich enger an mich, schiebt die angefeuchteten Finger vorne in mein Höschen und mit der freien Hand hebt er mein Bikinioberteil, um sanft meine Nippel im Takt mit meiner Perle zu liebkosen. Jetzt stößt er härter in mich und saugt sich dabei an meiner Schulter fest. Ich kann nichts anderes tun, als mich ihm hinzugeben, denn es ist zu gut, zu intensiv, als dass ich selbst eine kontrollierte Bewegung machen könnte.

„Ela, bist du bei mir? Ich kann mich nicht mehr …“ Er hat den Satz noch nicht halb ausgesprochen, da zerfalle ich auch schon unter ihm. Verzweifelt versuche ich mich irgendwo am Tisch festzukrallen, doch ich finde keinen Halt. Dass ich laut stöhne, während ich komme, merke ich erst, als er mir eine Hand auf den Mund legt.

„Sch …“, wispert er an meinem Ohr und hält nach einem letzten, heftigen Stoß in mir inne. Er kommt in warmen Schüben, die mir sofort an den Oberschenkel herabrinnen. Oder vielleicht ist es auch nur meine eigene Erregung, die für diese Bescherung sorgt.

Dass wir irgendwann wieder hier raus müssen, ohne so auszusehen, als hätten wir getan, was wir gerade getan haben, daran haben wir natürlich beide nicht gedacht.

Bevor mir überhaupt klar wird, warum, fange ich lauthals an zu lachen. Da sich dadurch mein Beckenboden anspannt, entlocke ich Alex eine Mischung aus Stöhnen und Fluchen.

„Was ist so lustig?“, fragt er grummelnd.

„Nichts eigentlich. Absurd trifft es eher“, antworte ich unter Lachen. „Sex mit dem Schwager in der Gartenlaube meiner Eltern. Das klingt derbe nach Pornoklischee.“

Ich möchte mir selbst auf den Mund schlagen, doch die Worte sind schon raus. Alex zieht sich aus mir zurück und seine Hose hoch. Er greift nach einer Rolle Papiertücher auf dem Regal über uns und reicht mir ein paar Blätter, damit ich mich abwischen kann.

Wortlos lehnt er sich mit verschränkten Armen an die gegenüberliegende Wand und sieht mir dabei zu, wie ich mich richte. Er verzieht keine Miene. Jetzt möchte ich heulen.

„Sorry!", sage ich leise und lasse die Schultern hängen. „Ich muss immer alles kaputtmachen."

In 2 Schritten kommt er auf mich zu und schließt mich in seine Arme. Trotz der feuchten Hitze hier drin, genieße ich die Wärme seiner Haut und seufze einmal laut an seiner Brust.

Ich spüre sein Grinsen an meiner Wange. „Du bist unverbesserlich. Mit Händen und Füßen wehrst du dich dagegen, es einfach als das hinzunehmen, was es ist: Nämlich verdammt gut und bei Weitem nicht so verboten, wie du es dir einredest."

Objektiv betrachtet mag das sein, es ändert aber nichts daran, dass die ganze Geschichte schwer an eine schlechte Soap erinnert und wir nicht gerade mit Jubelrufen rechnen können, wenn unser Umfeld davon erfährt.

„Ich sollte mich wohl besser umziehen gehen", sage ich und versuche mich von ihm zu lösen. An meinem Bikinihöschen wird das nicht spurlos vorbeigegangen sein und diesen Anblick will ich meinen Eltern wirklich nicht erklären müssen.

Alex hält mich an den Oberarmen fest und sucht meinen Blick. „Ich habe dir gesagt, wie ich fühle, Ela. Ich werde es nicht immer wieder wiederholen. An der Ausgangssituation kann ich auch nichts ändern."

Vor allem wird er es nicht wiederholen, solange ich es nicht sage. Der Wink mit dem Zaunpfahl ist angekommen.

„Ich weiß, Alex. Jetzt gehe ich mich umziehen."

„Warte noch einen Augenblick. Ich gehe vor und sehe nach Anna. Damit es nicht auffällt."

Etwa 2 Minuten Vorsprung gebe ich ihm, die ich dazu nutze, die Fassung wiederzugewinnen. Meine Mutter hat eine Unart, jede Gefühlsregung in meiner Miene zu lesen, weswegen ich ihr in den letzten Wochen ziemlich aus dem Weg gegangen bin. Dann sollte ich ihr jetzt nicht mit einem frisch gevögelten Ausdruck begegnen.

Leise ziehe ich die Tür zum Holzschuppen hinter mir zu und will mich gerade umsehen, ob irgendwer in der Nähe ist, als ich fast in meinen Vater reinlaufe. Erschrocken mache ich einen Schritt zurück. Unbewegt steht er da, mit den Händen in den Hosentaschen und schaut mich an. Vielleicht bilde ich es mir ein, doch in seinem Blick liegt so etwas wie Missbilligung.

„Daniela", sagt er ohne jede Emotion.

„Papa?"

Eindeutig und auch ohne dass er direkter Zeuge gewesen sein muss, weiß er, was hier gerade passiert ist. Mir steigt die Schamesröte ins Gesicht und ich habe das große Bedürfnis, loszuheulen. Ich fühle mich wie eine 7-Jährige, die mit den Fingern in der Brieftasche ihres Vaters erwischt worden ist.

Er sagt weiterhin kein Wort und nickt stattdessen nur in Richtung Haus, wohin ich augenblicklich flüchte.

Scheiße! Ganz große Scheiße!

18.

„Und er hat wirklich kein weiteres Wort darüber verloren?“ Sandra sieht mich fassungslos von der Seite an. Wir sitzen auf einer Parkbank im Schatten und beobachten Anna, die mit Sandras 2-jähriger Nichte im Sandkasten des Spielplatzes spielt. Es ist gerade mal 10 Uhr, doch die Sonne brennt schon mit einer Penetranz, die in mir das Bedürfnis weckt, mich für den Rest des Tages in einem abgedunkelten Raum zu verstecken und keinen Millimeter mehr als nötig zu bewegen.

„Kein Wort. Ich habe keine Ahnung, ob er mit meiner Mutter darüber gesprochen hat, aber jetzt verhalten sich beide, als wäre nichts gewesen. Und ich traue mich nicht, das Thema anzusprechen.“ Das Ganze ist 3 Tage her und mir zittern immer noch die Knie. Es ist doch faszinierend, wie einen die eigenen Eltern, auch noch mit Mitte 20, mit nur einem bösen Blick einschüchtern können.

„Was hat er denn zu Alex gesagt? Den muss er doch zuerst erwischt haben.“ Sie reicht mir ein Apfelstück aus ihrer Tupperdose voller Kleinkindsnacks, die sie alle selbst vorbereitet hat. Es ist an der Zeit, dass sie Mutter wird, denn sie ist wesentlich organisierter als ich, wenn sie auf die kleine Lilli aufpasst.

„Laut Alex hat er ihn gar nicht gesehen, als er den Schuppen verlassen hat. Er hat ja noch nicht mal was von der Anspannung gemerkt, die anschließend zwischen meinem Vater und mir herrschte. Nur meine Mama war etwas verwirrt, weil er schon kurz nach dem gemeinsamen Grillen vor den Fernseher verschwunden ist. Das ist überhaupt nicht seine Art, wenn wir zu Besuch sind."

„Du solltest mit ihm reden. Das fliegt dir irgendwann um die Ohren. Solche Dinge haben die Tendenz, im ungünstigsten Augenblick zu explodieren."

Nachdenklich kaue ich auf dem Apfel. Nichts an der ganzen Situation ist einfach und eigentlich möchte ich jede Konfrontation vermeiden, auch wenn ich weiß, dass das der falsche Weg ist.

„Du liebst ihn", stellt sie fest.

„Natürlich. Schon viel zu lange." Es ist leicht, meiner Freundin das einzugestehen, doch bei Alex bleiben mir die Worte im Hals stecken. „Aber ich habe ein Kind mit seinem Bruder."

„Was ist eigentlich mit Steffen? Hat er sich noch mal gemeldet?" Sie weiß darüber Bescheid, dass er uns erwischt hat. Bei der Erinnerung daran stöhne ich gequält auf.

„Er hat bei Alex angerufen und ihn beschimpft und dann irgendein wirres Zeug über einen neuen Job auf einer Bohrinsel gequatscht. Ernsthaft, kann die Situation noch verdrehter werden?" Jetzt flüstere ich, denn ich sehe, dass Anna neugierig die Ohren spitzt. „Ehrlich gesagt, hatte ich ein wenig Angst, dass er es meinen Eltern steckt, aber das haben wir ja nun schon erfolgreich selbst erledigt."

„Ach, Süße!" Sandra legt einen Arm um mich und zieht meinen Kopf an ihre Schulter. „Das wird schon irgendwie. Ich hab da ein gutes Gefühl." Es sind genau die Worte, die ich gerne von Alex hören würde, auch wenn sie nur für den Moment beruhigen.

Da Anna für den Rest des Tages mit einer Kindergartenfreundin verabredet ist und es einer der wenigen

Samstage ist, an denen ich nicht ins *Trudi's* muss, schnappe ich mir mein Fahrrad, um Alex einen Besuch abzustatten. Der ist nämlich gerade in seiner Praxis und kümmert sich um die Buchhaltung. Es macht mir nichts, wenn ich ihm nur beim Arbeiten zusehen kann. Hauptsache ich darf bei ihm sein. Außerdem locken mich die klimatisierten Praxisräume, denn trotz meines kurzen Trägerkleids und der luftigen Tour auf dem Rad, merke ich jetzt schon, wie sich Schweißperlen auf meiner Stirn bilden.

Ich besorge uns zwei große Eisbecher in der Eisdiele am Ende der Straße und schiebe das Rad die letzten Meter. Auf der anderen Straßenseite, gegenüber Alex' Praxis, sitzen 2 junge Kerle rauchend und trinkend vor einem Handyshop. Der Laden hat bereits geschlossen und die Sammlung an Bierflaschen zu ihren Füßen lässt auf nichts Gutes schließen.

„Hey, Süße!", ruft auch schon der Erste und pfeift mir hinterher. Ich kenne solche Typen zur Genüge und weiß, dass die einzige Weise mit ihnen umzugehen, komplette Ignoranz mit hocherhobenem Kopf ist. Ich bin kein Hund und lasse mich nicht so rufen, aber ich mache mich auch nicht klein vor solchen Versagern. „Komm mal rüber, Mäuschen. Wir haben hier was für dich."

An manchen Männern ist die Evolution vollständig vorbeigegangen. Das verdient keine Reaktion, trotzdem muss ich mir sehr auf die Zunge beißen. Hastig schließe ich mein Fahrrad ab und will gerade die Klingel zur Praxis drücken, als Alex die Tür von innen öffnet. Er muss mich von drinnen gesehen haben, doch im Augenblick liegt nichts als blanke Wut in seinem Blick. Vor Schreck lasse ich fast die in Papier gewickelten Eisbecher fallen. Wenn er sich nicht noch die Zeit nehmen würde, mir einen Kuss auf die Wange zu drücken, dann wäre ich mir sicher, dass er auf mich sauer ist.

„Geh schon mal rein. Ich komme gleich zu dir." Sein Kiefer ist dermaßen angespannt, dass ich etwas Angst um seine Zähne habe.

„Alex? Was ist los?"

Statt einer Antwort marschiert er auf die andere Straßenseite. Oh, oh! Die beiden Jungs sind heute offenbar nicht die Einzigen, die ihren Höhlenmenschen nicht im Griff haben.

„Bleib hier! Das ist es doch nicht wert." Obwohl ich niemanden brauche, der mich beschützt und meine Ehre verteidigt, ist es auf gewisse Weise sehr erregend, wenn er für mich in die Bresche springt. Alex lässt sich von meinem Einwand nicht beeindrucken. Er bleibt ganz nah vor den Typen stehen und spricht in einem leisen Ton mit ihnen, sodass ich nichts verstehe. Ohne herüberzuschauen, zeigt er einmal in meine Richtung. Die Typen nicken und scheinen Einsicht, über was auch immer, zu haben. Mir ist natürlich klar, dass diese Einsicht längst vergessen ist, sobald Alex ihnen nur den Rücken zuwendet.

Jetzt kommt er mit einem etwas entspannteren Lächeln auf mich zu. Er legt mir einen Arm um die Schultern und führt mich nach drinnen. Schon höre ich die Kerle hinter uns feixen. Sofort verspannt er sich wieder.

„Lass es gut sein. Du änderst solche Leute nicht." Mit dem Fuß schließe ich die Tür, bevor er noch einmal zurückgeht.

„Die Typen gehen mir schon die ganze Woche auf den Sender", faucht er mich an. Meine Güte, es ist doch nicht meine Schuld.

„Und ausgerechnet heute hast du beschlossen, sie zur Rede zu stellen."

„Ich akzeptiere nicht, dass jemand so mit dir umgeht, Ela."

Irgendwas sitzt ihm quer. So verhält er sich sonst nicht.

Wir gehen durch in sein Büro, wo ich die Eisbecher auf dem Schreibtisch abstelle. Ehe er sich hinsetzen kann, nehme ich seine Hände und stelle mich vor ihn.

„Wo ist die Kurze? Ich hab gar nicht mit dir gerechnet." Natürlich versucht er mich davon abzubringen, ihn über die Ursache seiner Laune zu befragen.

„Anna ist bei Luisa, ich muss sie erst in 3 Stunden einsammeln. Du hast mir gefehlt, deswegen bin ich hier." Kurz hellt sich seine Miene auf. „Und jetzt sagst du mir, was los ist. Direkt und geradeheraus. Kein Bullshit!" Das verdüstert seinen Ausdruck gleich wieder.

„Ich wollte eigentlich heute Abend vorbeikommen, wenn Anna im Bett ist." Er lässt meine Hände los und geht um den Schreibtisch herum, um sich auf seinem Sessel fallen zu lassen. „Setz dich bitte", sagt er und zeigt auf den gegenüberliegenden Stuhl.

„Bekomme ich Ärger?" Nur zögerlich setze ich mich.

„Nein, Unsinn. Es gibt Stress, aber du hast nichts verbrochen."

„Was ist es, Alex? Du machst mich nervös."

„Steffen!"

Nur dieses eine Wort reicht, um mich zum Zittern zu bringen. Ich wusste, dass all das noch nicht vorbei sein konnte.

„Was hat er getan?" Ich schlinge die Arme um meinen Brustkorb und halte mich selbst fest, als könnte mich das vor weiterem Schaden bewahren.

„Ihr habt euch knapp verpasst. Er ist erst vor 10 Minuten gegangen. Wie immer spuckt er mir irgendwelche Infos vor die Füße und weigert sich dann, sich mit einer Reaktion meinerseits auseinanderzusetzen."

„Nimmt er diesen merkwürdigen Job an?" Ich möchte es hoffen, denn wenn er weit weg auf einer Bohrinsel ist, dann hat er erst mal keinen Zugriff auf uns und hoffentlich genug Zeit, über sein weiteres Leben nachzudenken. Aber mit seinem Lebenslauf und seiner Einstellung kann ich mir nicht vorstellen, dass er je wieder irgendeinen Job findet.

„Ich wünschte, es wäre so. Er hat sich einen Anwalt genommen."

„Wegen dem Schlag, den du ihm verpasst hast? Das kann nicht sein Ernst sein." Ich bin nicht begeistert, dass Alex zugeschlagen hat, doch Steffen ist die einzige Person, die ihn auch nur ansatzweise so weit provozieren kann.

Kopfschüttelnd steht er auf, nur um sich vor mir hinzuknien. Er nimmt meine Hände und sucht meinen Blick. „Nein, Ela. Nicht wegen dem Schlag. Obwohl der ein Bestandteil der ganzen Geschichte werden könnte. Es ist wegen uns beiden. Er will das alleinige Sorgerecht für Anna."

Es gibt Momente im Leben, wo die Fakten glasklar vor einem ausgebreitet liegen und sie dennoch so unrealistisch klingen, dass man sie erst einmal für einen schlechten Scherz hält. In genau so einem Moment befinde ich mich gerade. Fassungslos starre ich Alex an und warte auf eine Auflösung, die jedoch nicht kommt.

„Nein!", ist alles, was ich dazu rausbringe. Meine Gedanken überschlagen sich, ich verstehe nicht ganz, was er da redet.

„Das wird nicht passieren, Ela. Wir werden das nicht zulassen."

Er hat gut reden. In diesem Fall hilft mir kein leeres Versprechen. Recht haben und Recht bekommen, sind leider immer noch zwei verschiedene Dinge.

„Ist er wahnsinnig geworden? Er darf sie nicht unbeaufsichtigt sehen, wegen der Vernachlässigungssache damals, und jetzt will er das Sorgerecht einfordern? Er hat sich mit Händen und Füßen gewehrt, überhaupt die Vaterschaft anzuerkennen."

Er ist verletzt, weil er mich mit Alex gesehen hat und er weiß genau, wo er uns packen muss, um sich zu rächen. Sein Kind interessiert ihn nicht, es geht lediglich darum, einen Schlag gegen mich auszuteilen, ohne mich dafür auch nur berühren zu müssen.

„Ela, reg dich bitte nicht auf. Wir wissen beide, dass er damit nicht durchkommt."

„Das hoffe ich inständig."

Alex streicht über meine Wangen und versucht sich an einem gequälten Lächeln. „Du musst mit deinen Eltern reden."

„Nein, auf gar keinen Fall. Meine Mutter dreht durch."

„Ela!" Er nimmt mein Kinn zwischen Daumen und Zeigefinger, damit ich seinem Blick nicht ausweichen kann. „Die ganze Sache ist völlig absurd und der Richter wird ihn vermutlich nur auslachen - falls es überhaupt soweit kommt. Trotzdem brauchen wir jetzt so viele Leute wie möglich auf unserer Seite."

„Ja, aber nicht meine Eltern. Meine Mutter bricht zusammen, wenn sie das hört. Das ist mir keine Hilfe."

Seufzend drückt er mir einen Kuss auf den Mundwinkel. „Du beruhigst dich erst mal und dann sehen wir weiter. Ich rufe gleich Thomas an. Der hat dir ja damals auch mit der Vaterschaftsanerkennung geholfen." Thomas ist Anwalt für Familienrecht und einer von Alex' wenigen Freunden.

„Er will mir mein Kind wegnehmen." Ich verschlucke mich beinahe an dem Schluchzer, der dieser Feststellung folgt.

Alex nimmt mein Gesicht in seine warmen Hände und zwingt mir seinen Blick auf. „Nur über meine Leiche, Ela! Hörst du? Nur über meine Leiche."

Ich würde ihm gerne glauben.

19.

Es ist kein guter Tag für Kati und mich, um Seite an Seite im *Trudi's* zu arbeiten. Wir stehen beide völlig neben uns.

Ich war heute Morgen beim Anwalt und sollte eigentlich zuversichtlich sein. Thomas hat alles getan, um mich zu beruhigen. Er hat sämtliche Daten und Fakten aktualisiert und ist bereit, sofort zu reagieren, sollte von Steffen tatsächlich ein Antrag auf alleiniges Sorgerecht kommen. Auch er ist der Meinung, dass es für ihn absolut aussichtslos ist. Mein Verstand sagt mir das Gleiche, aber mein Gefühl ist ein ganz anderes. Das ist noch nicht vorbei.

Kati ist heute auch nur körperlich anwesend und bemerkt deswegen meine Verwirrung kaum. Sie habe ich weinend in der Backstube gefunden, als ich meine Schicht angetreten habe. Zuerst dachte ich, es wäre etwas mit dem Baby, aber die Ursache für ihre Traurigkeit ist kaum weniger schlimm. Paul hat seinem Vater von der Schwangerschaft erzählt und der hat daraufhin Kati bitterböse beschimpft. Natürlich hat Paul das nicht stumm auf sich sitzen lassen und ihm ordentlich die Meinung gegeigt. Das ändert aber nichts an ihrer Erschütterung. Ich denke, es war der letzte Versuch, das Verhältnis zu Pauls Vater zu kitten.

Nachdem ihr zweimal Kaffeebecher aus der Hand gerutscht und auf dem Boden zerschmettert sind, habe ich sie mit einem Kamillentee im Pappbecher an ihren Schreibtisch geschickt, wo sie sich um die Buchhaltung kümmert und hoffentlich keinen weiteren Schaden anrichtet. Ich sollte meinem Bruder Bescheid geben, dass es ihr schlecht geht, aber Kati hat das vehement abgewehrt.

Wie jeden Montagnachmittag ist wenig Betrieb im *Trudi's* und heute bin ich dafür ausnahmsweise einmal dankbar. Auch weil meine Mutter Anna gerade vorbeigebracht hat, die jetzt an einem kleinen Tisch hinter der Theke sitzt und konzentriert an einem Hundebild malt.

Mehrere Farbfächer auf der Arbeitsfläche vor mir ausgebreitet, versuche ich, eine Farbe für die Ladenrenovierung auszusuchen. Mir gefallen die dunklen Braun- und Lilatöne, doch Kati ist das zu dunkel. Ich weiß nicht, ob wir uns jemals einig werden, aber sie will ja unbedingt meine Meinung dazu hören.

Mein vibrierendes Handy in der Hosentasche schreckt mich aus meinen Überlegungen. Es ist Alex, der mir einfach nur sagen will, dass er an mich denkt. Lächelnd überlege ich, was ich ihm antworten könnte. Sofort spüre ich wieder dieses Flattern in der Magengegend, dass ich gerne ignorieren würde, wenn ich könnte.

„Das müssen ja gute Nachrichten sein." Die Stimme meines Vaters lässt mich zusammenzucken. Beinahe rutscht mir das Handy in das kleine Spülbecken neben mir. Obwohl der Laden leer ist, habe ich ihn nicht reinkommen sehen. Ich habe ihn nicht mehr getroffen, seit dem etwas unangenehmen Vorfall in seinem Garten. Bis jetzt bin ich mir nicht sicher, ob er weiß, was passiert ist, oder ob er es nur vermutet. Auch habe ich keine Ahnung, ob er mit meiner Mutter darüber geredet hat.

„Ist nichts Wichtiges", winke ich ab und schiebe das Handy wieder in meine Tasche.

„Bist du sicher?", fragt er mit einem Blick auf Anna, die ihn noch nicht bemerkt hat.

„Ganz sicher. Was machst du hier? Ich dachte, du bist mit Mama shoppen."

Zum Glück kommt ein Kunde dazwischen und zeitgleich entdeckt Anna ihren Opa, den sie auch gleich stürmisch begrüßt, obwohl sie ihn vor 2 Stunden noch gesehen hat. Geduldig bewundert mein Vater das Hundebild und unterhält sich weiter über die Theke mit mir, während ich dem Kunden eine Großbestellung Cappuccino für eines der umliegenden Büros fertigmache.

„Deine Mutter hat spontan beschlossen, sich beim Friseur den Ansatz nachfärben zu lassen. Oder etwas in der Art. Keine Ahnung …" Die Tatsache, dass er mir dabei nicht in die Augen sehen kann und Friseure üblicherweise montags geschlossen haben, kommentiere ich nicht. Sonst müsste ich ja nachfragen, warum er wirklich hier ist. Es ist offensichtlich. Meine Mama ist wahrscheinlich Schuhe kaufen, oder etwas Ähnliches, und er hat sich einfach abgesetzt.

„Kann ich dir was bringen?", frage ich, nachdem ich den Kunden abgerechnet habe. Mein Vater hat sich mit Anna hingesetzt und zeigt ihr, wie sie ihr Bild verbessern kann. Ich liebe meinen Papa für die Geduld, die er für mein Kind aufbringt und Anna klammert sich an diese männliche Aufmerksamkeit. Außerdem ist sie eine kleine Perfektionistin und liebt nichts mehr, als Tipps, wie sie ihre „Kunst" noch verschönern kann.

„Ein Espresso wäre toll. Aber nur, wenn ich dich nicht von der Arbeit abhalte."

„Das ist meine Arbeit, Papa."

Er sieht mich fragend an, als würde er abschätzen, wie ernst ich das meine. Ich weiß, dass das nicht das Leben ist, das meine Eltern sich für mich ausgemalt haben und es fällt mir immer schwerer, die abfälligen Blicke zu ignorieren. Wenn ich versuche, mit Jakob darüber zu sprechen, dann winkt er nur ab und meint, dass ich das falsch verstehe. Er hat leicht reden, als der goldene Sohn der Familie.

Als meine Tochter 10 Minuten später für einen Moment zu Kati verschwindet, nimmt er mich beiseite.

„Du weißt ja, dass deine Mutter nächste Woche für ein paar Tage mit ihrer Freundin in den Wellness-Urlaub fährt. Ich möchte, dass du in der Zeit mal zu mir kommst. Möglichst ohne Anna. Ich denke, wir sollten uns mal unterhalten."

Mir wird heiß und kalt. Es war naiv, zu hoffen, dass das Thema durch ist, trotzdem bin ich nicht weniger schockiert. Ich wünschte, er würde es einfach nicht mehr ansprechen, egal wie viel er weiß, aber anscheinend wird das nicht passieren.

Da Anna wieder nach vorne stürmt, antworte ich ihm nur mit einem Nicken, unfähig, ihm dabei in die Augen zu sehen.

Heute ist es an mir, die letzten Gäste hinauszufegen und den Laden abzuschließen. Dafür hat Kati Anna mit hochgenommen, damit sie bei ihr und Ben zu Abend essen kann. Paul und Jakob sind noch im Fitnessstudio und kommen erst später nach Hause. So verunsichert ich auch oft meiner Familie gegenüber bin, ohne ihre Hilfe bei der Kinderbetreuung wäre ich aufgeschmissen, ganz besonders in den Ferienzeiten.

Ich will gerade die Ladentür hinter dem letzten Kunden abschließen, als ich Alex auf mich zulaufen sehe.

„Halt, junge Frau. Bekomme ich bei Ihnen noch einen Kaffee?", ruft er mir in einem flirtenden Tonfall entgegen.

„Es tut mir leid, wir haben geschlossen", spiele ich sein

Spiel mit. „Und die Kaffeemaschine ist auch schon sauber.“

Lässig lehnt er sich in den Türrahmen und zwinkert mir zu. „Dann vielleicht etwas Süßes? Für mich können Sie sicher eine Ausnahme machen.“

Ich winke ihn an mir vorbei und sperre hinter ihm ab. „Da muss ich nachsehen, aber es findet sich bestimmt noch etwas.“

Mit den Händen hinterm Rücken bleibt Alex an der Theke stehen, als wäre er ein gewöhnlicher Kunde.

„Du musst mit mir kommen.“ Mit dem Zeigefinger locke ich ihn zu mir in die Küche.

„Nanu, sind wir per Du, junge Frau?“

„Schon lange“, sage ich und schließe die Tür hinter ihm. „Und ich weiß ganz genau, was du willst. Ob das allerdings süß genug ist, kann ich nicht beurteilen.“

Mit schief gelegtem Kopf lehnt er sich an Katis Arbeitstisch, auf dem sie unsere frischen Backwaren zubereitet, und grinst mich schelmisch an. „Mach keine Versprechungen, die du nicht einhalten kannst, Ela. Ich glaub nicht, dass Kati besonders begeistert ist, wenn wir ihre Backstube entweihen.“

„Ganz ehrlich gesagt, bin ich mir relativ sicher, dass sie das mit ihrem beiden Testosteronbolzen schon recht erfolgreich selbst erledigt hat.“

„Jetzt weiß ich nicht, ob ich hier überhaupt etwas essen will.“ Angeekelt schüttelt er sich und stößt sich vom Tisch ab.

„Keine Sorge, sie legt großen Wert auf Sauberkeit am Arbeitsplatz“, antworte ich lachend. „Willst du einen Cupcake? Da sind noch welche in der Kühlung. Oder magst du Anna oben einsammeln und mit uns nach Hause fahren?“

Alex kommt auf mich zu und schließt mich in seine Arme.

„Vorschlag: Ich hole Anna und du packst uns ein paar Cupcakes für später ein. Dann bringe ich die Kurze ins Bett und mache mich noch ein wenig mit dir auf der Couch breit, wenn das okay ist."

„Das ist mehr als okay", sage ich leise und küsse ihn auf die Halsbeuge. „Besser wäre es, wenn du bleiben könntest."

„Ich weiß, Liebes", seufzt er und küsst mich auf den Scheitel. „Ich gehe die Kurze holen."

Bevor er durch die Hintertür über den Hof zum Treppenhaus geht, wirft er mir ein aufmunterndes, aber doch sehr müdes Lächeln zu.

Die Situation nagt an uns beiden, dabei ist keine Lösung in Sicht. Im Gegenteil, es scheint immer verfahrener zu werden.

Selbstverständlich lässt Alex sich zu mehr als einer Gute-Nacht-Geschichte breitschlagen. Anna hat ihn gut im Griff. Aber da die Zeiten des langen Aufbleibens vorbei sind, wenn einmal die Schule anfängt, lasse ich die beiden gewähren.

Den Couchtisch achtlos beiseitegeschoben liege ich auf dem Boden vor der Couch und betrachte die Maserung der hässlichen, durchfallbraunen Holzdecke. Eigentlich war diese Wohnung nicht als Dauerlösung gedacht, weswegen ich mir nie die Mühe gemacht habe, die Decke neu zu machen. Schließlich sind wir aber doch hier hängen geblieben. Trotzdem kann ich mich immer noch nicht aufraffen, mehr als nötig, in die Verschönerung der Räume zu investieren. Es fühlt sich nicht wie ein Zuhause an und das wird es auch nach einer Renovierung nicht. Ich weiß nicht, ob ich außerhalb meines Elternhauses je das Gefühl eines Zuhauses haben werde. Bisher ist mir das nicht gelungen.

Alex schleicht auf Zehenspitzen ins Wohnzimmer und

schließt leise die Tür hinter sich.

„Du weißt schon, dass du sie nicht in den Schlaf lesen musst? Sie ist 6 Jahre alt und sie schläft ohne Assistenz ein."

Verwirrt schaut er sich um, weil er mich noch nicht gesehen hat. Da die Sonne fast untergegangen ist, liege ich im Halbdunkeln und bin dadurch auf dem Boden nicht leicht zu entdecken.

„Was machst du?", fragt er verwundert, als er mich endlich entdeckt.

„Mich erden."

„Dich erden? Seit wann so spirituell?" Er nimmt sich ein Kissen von der Couch und lässt sich ächzend neben mich sinken. „Ich bin zu alt für so was", grummelt er vor sich hin. Umständlich fummelt er sich das Kissen unter den Kopf und sieht mich dann abwartend an.

„Ich bin überhaupt nicht spirituell veranlagt, aber manchmal braucht man Bodenkontakt, damit sich die Erde ein wenig langsamer dreht."

„Mit genügend Alkohol im Blut erreiche ich da eher den gegenteiligen Effekt."

„Jetzt machst du dich über mich lustig", schmolle ich und verschränke die Arme vor der Brust.

„Überhaupt nicht." Er dreht sich auf die Seite und stützt seinen Kopf auf die Handfläche. „Was kann ich tun, damit sich deine Welt nicht so schnell dreht?" Mit der freien Hand löst er meine Arme und legt sie neben meinem Körper ab, als wäre ich eine Puppe. Er konnte es noch nie leiden, wenn ich ihm gegenüber eine ablehnende Haltung einnehme.

„Nichts, Alex. Ich wünschte, du könntest, aber du kannst nichts tun." Ich greife nach seiner Hand und verschränke unsere Finger miteinander. Ehrlich gesagt, bin ich im

Augenblick schon bereit fürs Bett, aber ich bin viel zu träge, um mich vom Boden zu erheben.

„Können wir nur für einen Moment fantasieren, Ela?“

„Was meinst du?“ Ich versuche, ein Gähnen zu unterdrücken, scheitere jedoch kläglich.

„Was wäre, wenn alles einfach wäre? Wenn ich nicht einfach nur ein Freund wäre? Welches Bild hättest du dann von uns beiden im Kopf? Wie würdest du dir die nächsten 2 Jahre vorstellen?“

„2 Jahre? Das ist aber ganz schön weit vorausgedacht.“

„Hey, ich werde nicht jünger und mit dem Ausprobieren bin ich längst durch. Ich weiß, was ich will.“

Das macht er oft genug deutlich, aber das heißt noch längst nicht, dass er es auch haben kann.

„Es macht doch keinen Sinn, den Gedanken zu vertiefen.“

„Nur ein Mal, Ela. Für mich.“ Er kann nicht wissen, wie sehr es mir wehtut, sonst würde er das nicht verlangen.

„Ich will nur deine Hand halten dürfen.“ Langsam rolle ich mich auf die Seite und drücke mir die geballten Fäuste auf die Augenhöhlen, um die Tränen zurückzuhalten, doch es ist zwecklos. „Wie soll ich mir über eine eventuelle Zukunft Gedanken machen, wenn ich noch nicht einmal deine Hand halten darf, solange es jemand sehen könnte.“ Schluchzend krümme ich mich vor ihm zusammen und umarme meine Knie. Manchmal möchte ich mich einfach nur klein machen und so tun, als würde die Außenwelt nicht existieren. Aber wenn auf eine Sache im Leben Verlass ist, dann, dass man nicht dauerhaft vor der Realität flüchten kann.

Alex schmiegt sich um meinen zitternden Körper und hält mich. „Ich liebe dich“, flüstert er in meine Haare.

Das weiß ich, doch es reicht leider immer noch nicht.

20.

Ich hasse überfüllte Hallenbäder, aber da ich Anna seit Wochen versprochen habe, dass wir endlich mal wieder schwimmen gehen, habe ich mich an diesem Sonntagnachmittag ergeben. Eigentlich wollten wir ins Freibad, doch der erste Regentag seit langem hat uns einen Strich durch die Rechnung gemacht. Natürlich ist auch Alex dabei, auf Annas ausdrücklichen Wunsch hin. Für sie ist er schon längst ein Ersatzvater.

Wir sitzen am Rand des Nichtschwimmerbeckens und beobachten gemeinsam Anna, die sich mit einer zufällig getroffenen Kindergartenfreundin austobt. Ich gebe mir wirklich Mühe, ihn nicht zu sehr anzustarren. Deswegen lenke ich mich selbst ab, wenn auch mit einem sehr unangenehmen Thema. Es ist schwer, ihn nicht wie selbstverständlich berühren zu dürfen. Nicht in der Öffentlichkeit.

„Nächste Woche muss ich bei meinem Vater antanzen. Er will mit mir reden. Ich habe ein ganz böses Gefühl."

„Warum?", fragt Alex. „Meinst du, er hat wirklich etwas mitbekommen?"

„Ich weiß es nicht. Er verhält sich komisch seitdem. Auf jeden Fall wird er ein paar Fragen haben, was uns beide betrifft. Da bin ich mir ziemlich sicher."

„Und was wirst du ihm sagen?"

„Ich habe keine Ahnung. Am liebsten würde ich mich drücken, doch das ist wohl keine Option."

„Ist es nicht. Nicht bei deinem Dad."

Meine Eltern mögen Alex sehr, im Gegensatz zu meinem

Bruder, der seine Abneigung noch nicht ganz verwunden hat. Aber ihre Sympathie wird ein abruptes Ende finden, wenn sie rauskriegen, was zwischen uns läuft. Und vor allem, wie lange schon.

Immer mit dem Blick auf Anna lehnt sich Alex zu mir. „Ela?", flüstert er leise.

„Ja?" antworte ich mit genauso gedämpfter Stimme. Wenn er so nah ist, kann ich ihn nicht anschauen. Nicht hier. Ein Blinder würde in dem Moment sehen, was ich für ihn empfinde.

„Ich habe ganz plötzlich unglaublichen Hunger auf Cupcakes."

„Du hast doch vorhin …" Erst jetzt bemerke ich, dass er auf meine Schulter starrt. „Oh …"

„Ela, du fehlst mir", wispert er. „Es ist Ewigkeiten her, dass ich dich das letzte Mal richtig berühren konnte." Exakt zwei Wochen, um genau zu sein. Ich kann inzwischen auch nur noch schwer an etwas anderes denken, aber wie immer kommt das Leben dazwischen. Für uns besonders, da unsere Möglichkeiten stark eingeschränkt sind.

„Mama, können wir gleich noch zu McDonalds?", quakt Anna und versucht, sich an meinem Knie aus dem Wasser zu ziehen. Mit routinierter Unschuldsmiene zieht Alex sich zurück. Ihm fällt das viel leichter als mir, in diesen Momenten umzuschalten.

„Natürlich Schatz. Das hab ich dir doch versprochen."

„Darf ich auch mitkommen, Mama?", fragt Alex grinsend.

„Hey, das ist nicht deine Mama!", protestiert mein Kind lautstark. „Das ist nur meine Mama!"

„Und was für eine tolle Mama das ist. Die würde ich auch nicht hergeben wollen."

Wenn er noch ein paar Mal in diesem Tonfall „Mama“ zu mir sagt, kann ich für nichts mehr garantieren. Alex muss heute Abend einen Umweg über mein Schlafzimmer machen, auch wenn wir dann schrecklich leise sein müssen.

Ich hasse es, mich noch halb nass in stickiger Luft und einer viel zu engen Kabine anziehen zu müssen. Wenigstens hat sich Anna heute ohne weiteres Theater selbst angezogen, doch jetzt hüpft sie aufgeregt vor mir auf und ab, während ich mich in eine verfluchte Jeans zwänge, die auf jedem Zentimeter kleben bleibt.

„Ich hab Durst, Mama!“ Der quengelige Tonfall lässt auf einen sehr kurzen Geduldsfaden schließen.

„Schatz, ich hab nichts mitgenommen. Aber wir fahren ja jetzt etwas essen. Da kannst du sofort etwas haben.“

„Kann ich mir nicht vorne am Automaten etwas holen?“

„Ich muss mich erst fertig anziehen. Kann es wirklich nicht mehr warten?“

„Nein!! Ich hab so einen Durst.“

Leise klopft es an unsere Kabinentür. Es ist Alex, der offenbar schon angezogen ist. „Ich geh mir dir, Anna. Dann kann die Mama sich in Ruhe fertigmachen.“

Ich öffne die Tür einen Spalt, damit sie hindurchschlüpfen kann, doch sie bleibt vor mir stehen. „Ihr müsst nicht mitgehen. Ich kann das schon alleine. Ich bin doch kein Baby.“

Alex steckt vorsichtig den Kopf rein und stellt erleichtert fest, dass ich meinen BH schon trage. Generell hat er natürlich nichts dagegen, meine nackten Brüste zu sehen, aber vor meiner Tochter muss das nicht sein.

„Darf ich, Mama? Bitte!“

„Bekommst du das denn am Drehkreuz hin? Du musst ja auch deine Karte da einstecken."

„Maaamaa!", nörgelt sie. „Ich mache das schon immer alleine."

„Na gut." Ich drücke ihr die Eintrittskarte und ein Zwei-Euro-Stück in die Hand. „Wir sind sofort bei dir. Du gehst auf keinen Fall alleine auf den Parkplatz und wartest neben der Kasse auf uns."

„Okay." In Windeseile drängt sie sich an uns vorbei und flitzt zum Ausgang.

„Ich gehe ihr sofort nach, Mamabär", sagt Alex, während er ihr hinterher sieht.

„Hey, ich mache mir nur Sorgen. Sie meint, sie wäre so groß, dabei ist sie das noch lange nicht."

„Ich verstehe, Ela. Deswegen folge ich ihr auf dem Fuße, damit du dich in Ruhe weiter anziehen kannst." Er drängt sich durch die halb geöffnete Tür und schließt sie hinter sich. „Aber zuerst muss ich das tun." Ich kann gar nicht so schnell reagieren, wie er mich an sich gezogen und seine Lippen auf meine gedrückt hat. Nur kurz neckt er mich mit seiner Zunge, zu kurz, um es genießen zu können. Doch ehe er von mir ablässt, flüstert er ganz nah an meinem Mund: „Heute Nacht."

Ich muss nicht hinterfragen, was er damit meint. Wir können beide nicht mehr warten, es ist einfach schon zu lange her.

Ich hätte mir Zeit lassen können. Um mir die Haare zu föhnen, mich entspannt zu schminken oder auch nur ungestört die Erinnerung an Alex' Kuss auf meinen Lippen zu spüren. Doch irgendetwas krampft sich in mir zusammen.

Etwas ist nicht richtig. Wenn es so was wie einen Urinstinkt gibt, dann macht er sich jetzt bei mir bemerkbar.

Hektisch schmeiße ich meine und Annas nasse Badesachen in die Tasche, werfe mir mein T-Shirt über und schlüpfe in meine Sneaker. Ich versuche die Ruhe zu bewahren, aber das wird nichts, solange ich nicht weiß, ob mit Anna und Alex alles in Ordnung ist. Auf dem Weg nach draußen bleibt mir die Sporttasche in der schweren Glastür hängen und diese Ungeschicklichkeit treibt mir fast die Tränen in die Augen.

Alex sehe ich, ehe er mich entdeckt. Er läuft mit kraus gezogener Stirn vor dem Getränkeautomaten auf und ab und zieht sein Handy aus der Tasche. Mit zitternden Fingern schiebe ich meine Eintrittskarte in das Drehkreuz, um die Umkleiden verlassen zu können, was mir aber erst im dritten Anlauf gelingt. In der Zwischenzeit fängt Alex die Kassiererin ab, die auf dem Weg in den Badebereich war.

Von meinem Kind keine Spur.

Ich will gerade fragen, was los ist, als mich die Worte der Schwimmbadmitarbeiterin härter als ein Fausthieb treffen.

„Sie ist direkt auf ihn zugerannt und hat ihn Papa genannt, da habe ich mir nichts dabei gedacht, dass sie mit ihm rausgegangen ist."

Alex drückt mir sein Handy in die Hand, das Steffens Nummer anwählt und rennt auf den Parkplatz. Natürlich wird der Anruf auf die Mailbox umgeleitet. Ich sollte ihm hinterherrennen und mitsuchen, doch ich weiß bereits, dass es zu spät ist.

Steffen hat meine Tochter entführt.

21.

Die Ruhe der Polizeibeamten sollte mich wütend machen, doch ehrlich gesagt, berührt es mich kaum, weil ich selbst wie erstarrt bin. Im Augenblick sehen sie noch keinen Grund, nach Steffen zu fahnden. Er hat zwar schon viel Mist gebaut, aber solange nicht der Verdacht besteht, dass er Anna etwas antun könnte, werden sie sich für heute damit begnügen, seinen Freundeskreis abzuklappern. Laut Aussage der Beamten könnte es sich ja um ein schlichtes Missverständnis in der Kommunikation handeln. Schließlich ist er ihr Vater. Ich weiß nicht, ob sie gerade grob fahrlässig vorgehen oder ob das tatsächlich eine offizielle Vorgehensweise ist. All das ändert nichts daran, dass Steffen mein Kind hat und er sich in den letzten 2 Stunden mit ihr schon irgendwo über die Grenze geschlagen haben könnte.

Vermutlich begreift Anna auch längst, dass die Situation nicht okay ist und hat inzwischen große Angst. Ich kann ja nur erahnen, was er ihr für Geschichten aufgetischt hat.

Meine ganze Familie hat sich in meiner Wohnung versammelt. Jakob, meine Eltern, Kati, Paul, Ben. Alle, außer Alex, der parallel zur Polizei seinen Bruder sucht. Eigentlich will ich mit dabei sein und sie suchen, aber die Polizei meint, dass es besser ist, wenn ihr hier bin. Falls er doch noch mit ihr auftauchen sollte.

„Schatz, was kann ich tun? Willst du einen Tee?“ Meine Mama erträgt diese Hilflosigkeit auch nicht. Sie sitzt neben mir auf der Couch und wippt mit dem rechten Bein. Die ganze, verdammte Zeit. Ich bemühe mich, nicht zu explodieren. Es ist nicht ihre Schuld. Das hab ich alles fein selbst verbockt.

„Das wäre lieb, Mama“, sage ich mit aller Fassung, die ich aufbringen kann, nur um sie von mir wegzubekommen. „Kamille, bitte.“

Erleichtert etwas tun zu können, geht meine Mutter in die Küche und fragt auch gleich noch die Männer, die sich auf dem Balkon versammelt haben, ob sie etwas möchten.

Kati sitzt mir gegenüber auf der Couch, mit einem Arm um Bens Schultern, der furchtbar geknickt aussieht. Er liebt Anna wie eine Schwester.

„Sie finden ihn, Dani. Da bin ich sicher. Er kann nicht so wahnsinnig sein, wirklich mit ihr wegzugehen.“

Kati weiß zwar einiges, aber noch längst nicht alles, was mit Steffen gelaufen ist. Deswegen ist ihr auch nicht klar, was ich ihm inzwischen zutraue. Sein Kind interessiert ihn in der ganzen Geschichte kaum, es geht ihm hauptsächlich darum, mir eins auszuwischen, weil er Alex und mich erwischt hat.

Ich bringe nur ein halbherziges Lächeln zustande.

Jakob kommt mit Paul und meinem Papa von draußen rein. Sie stinken nach Zigaretten. Ein befremdlicher Geruch in meiner nikotinfreien Wohnung. Warum mich das jetzt stört, ist mir unbegreiflich. Am liebsten möchte ich, dass sie alle verschwinden. Herumsitzen hilft mir nicht und das kann ich außerdem ganz wunderbar ohne ihre Unterstützung. Ich bin nicht fair, das ist mir bewusst, aber ich will nur mein Kind zurück.

„Ich hab gerade mit Alexander telefoniert. Er hat uns ein paar Stellen genannt, die wir abklappern können. Wir fahren noch mal los“, verkündet Jakob. Ich bin erleichtert, dass er sich wenigstens heute Alex gegenüber zivilisiert verhalten kann.

„Ich komme mit!“ Ben springt von der Couch auf und nimmt seine Jacke vom Sessel, doch Paul legt ihm eine Hand auf die Schulter. „Großer, ich weiß, du willst helfen. Aber bitte bleib bei den Frauen.“ Was er eigentlich sagen will, ist, dass er nicht weiß, was sie eventuell erwarten könnte.

„Kati, bitte!“, fleht er seine Schwester an.

„Paul hat recht, Ben. Du bleibst hier.“

Er will protestieren, doch da habe ich einen Einfall, der eine sinnvolle Ablenkung für ihn ist. Ich bin nämlich auch nicht der Meinung, dass er da noch mit reingezogen werden muss.

„Ben, würdest du mir einen Gefallen tun?“ Sofort habe ich seine Aufmerksamkeit. Ich weiß selbst nicht, wie ich es schaffe, nach außen hin die Ruhe zu bewahren.

„Klar, Dani. Was kann ich machen?“

Ich nehme den Laptop vom Beistelltisch neben mir und drücke ihm den in die Finger.

„Kannst du schauen, ob er bei Facebook in den letzten Stunden etwas gepostet hat, was darauf schließen lässt, wo er ist? Ich kann im Augenblick nicht klar denken und es wäre genial, wenn du das übernehmen könntest.“

„Kein Problem, ich mache mich sofort daran.“ Er lässt sich wieder auf die Couch sinken und geht direkt an die Arbeit.

Kati schenkt mir ein dankbares Lächeln. Dabei war das wirklich nicht nur ein Ablenkungsmanöver.

Meine Mutter stellt eine Kanne Tee mit vier Tassen auf den Tisch und bringt dann noch die Männer zur Tür, ehe sie sich wieder zu uns gesellt.

Inzwischen ist es dunkel und es gibt immer noch keine

Neuigkeiten. Ich bemühe mich, nicht zusammenzubrechen, doch innerlich schnürt es mir die Luft ab. Mein Baby ist da draußen, mit einem verantwortungslosen, narzisstischen Egomanen, der noch nie etwas getan hat, was nicht ihm zum persönlichen Vorteil war. Jetzt ist es nur noch blanke Angst, die meinen Körper dominiert. Mit dem Kopf in ihrem Schoß, habe ich mich neben Kati zusammengerollt. Mich übergeben, losschreien oder wegrennen, ich kann mich nicht entscheiden, was ich zuerst tun soll.

„Ich muss hier raus", würge ich hervor und stemme mich dabei von der Couch hoch. Meine Mutter, die sich gerade mit einem Wäschekorb voll frisch gewaschener Handtücher beschäftigt, schreckt auf. Sie legt einen Stapel Waschlappen beiseite und beobachtet mich, wie man ein wildes Tier anschaut, von dem man erwartet, dass es einen jeden Moment anspringt.

Ich bin kurz davor, mir die Schuhe anzuziehen und mich an der Suche zu beteiligen, als mein Festnetztelefon klingelt. Erschrocken fahre ich zusammen. Meine Mutter sitzt am nächsten zu dem Mobilteil, das auf dem Couchtisch liegt. Ohne Zögern nimmt sie das Gespräch einfach an und ausnahmsweise bin ich froh über diesen elterlichen Übergriff.

Sie meldet sich noch nicht einmal mit dem Namen, sondern stellt direkt auf Freisprechen und legt den Hörer auf den Tisch.

„Ich hab sie gefunden", höre ich Alex' Stimme, die einen Heulkrampf bei mir auslöst. Mit den Armen umschlinge ich meinen Brustkorb und lasse mich auf dem Boden vor der Couch zusammensinken.

„Es geht ihr gut, Ela. Nicht weinen." Ich versuche es, doch mein Körper hat gerade das perfekte Ventil für die

Anspannung der letzten Stunden gefunden. Kati rutscht neben mich auf den Boden und schließt mich in die Arme.

„Habt ihr den Lautsprecher eingeschaltet?“, höre ich Alex fragen.

Meine Mutter nimmt das Telefon auf und stellt den Lautsprecher ab, bevor sie es sich ans Ohr hält. Sie spricht in einem ruhigen Ton und gibt nur knappe Antworten. Ich kann mich gar nicht mehr beruhigen, obwohl ich erleichtert bin.

Nach einer Weile hält meine Mutter mir den Hörer hin. Ich kann immer noch nicht sprechen, also höre ich einfach nur zu.

„Sie hat keine Ahnung, was passiert ist. Ich habe die beiden bei McDonalds in der Stadt gefunden. Vorher waren sie auf dem Indoor-Spielplatz. Er hat ihr erzählt, das wäre mit dir abgesprochen. In dem Glauben sollten wir sie auch erst einmal lassen. Sie ist zwar verwirrt, weil du ihr zuvor nichts gesagt hast, aber sie hatte keine Angst.“

Ich habe viele Fragen, doch es kommen immer nur weitere Schluchzer aus meinem Mund.

„Ela, Baby, du musst dich jetzt beruhigen. Später kannst du zusammenbrechen, aber wir sind in 10 Minuten bei euch und sie sollte dich so nicht sehen.“

„Okay“, schniefe ich. Seine Stimme beruhigt mich mehr, als ich mir eingestehen möchte.

Meine Mama kommt aus der Küche und stellt mir ein übervolles Glas Weißwein vor die Nase.

„Was anderes habe ich auf die Schnelle nicht gefunden. Trink das aus, nimm auch noch ein zweites, falls du es brauchst, und dann nimm dein Kind in Empfang. Wir verschwinden jetzt, damit Anna nicht beunruhigt ist.“

„Was ist mit der Polizei?“, frage ich, immer noch mit

tränenerstickter Stimme.

„Jakob regelt das gerade. Er hat auch schon mit Alex gesprochen“, sagt Kati, die neben mir auf ihrem Smartphone herumtippt.

„Du siehst jetzt nur zu, dass du dein Kind ins Bett bekommst und um alles Weitere kümmern wir uns morgen“, sagt meine Mutter. Sie nimmt eine Packung Taschentücher aus ihrer Handtasche und beugt sich zu mir runter, um mir die Tränen aus dem Gesicht zu wischen, doch ich nehme ihr das Tuch ab und erledige das lieber selbst. Zu viel Fürsorge sorgt nur für mehr Tränen.

Wie ein nasser Sack hängt Anna im Tiefschlaf auf Alex‘ Schulter. Ich kann nur schwer widerstehen, sie nicht aufzuwecken und fest an mich zu drücken. Es ist besser so, denn vollständig habe ich meinen Tränenfluss, trotz einer halben Flasche Wein, nicht im Griff. Behutsam trägt Alex sie in ihr Zimmer und legt sie auf ihrem Bett ab. Ich ziehe ihr nur die Sandalen aus und decke sie in ihrem dünnen Sommerkleidchen, das sie noch trägt, zu. Einen kleinen Kuss auf ihr Haar und dann schleiche ich auf Zehenspitzen aus dem Raum.

Was ich jetzt tun muss, schmerzt schon beim Gedanken, aber ich muss an Anna denken.

Alex wartet mit offenen Armen vor ihrer Zimmertür und kann es nicht fassen, als ich einfach an ihm vorbeilaufe.

„Was ist los?“

„Woher wusste Steffen, wo wir sind?“, frage ich geradeheraus.

„Von mir, Ela. Er hat gefragt, ob du heute Abend hier bist. Da habe ich ihm gesagt, was wir planen, aber dass du später wieder zu Hause bist. Das hätte ich dir noch erzählt, aber ich wollte uns den Tag nicht verderben. Ich konnte nicht ahnen, dass er so etwas abzieht."

„Du musst gehen, Alex. Jetzt!" Ich halte ihm bereits die Wohnungstür auf, doch er macht keine Anstalten, die Wohnung zu verlassen.

„Wie bitte? Ist das meine Schuld, dass Steffen Anna mitgenommen hat?"

„Das hab ich nicht gesagt und ich bin auch froh, dass du sie mir wiedergebracht hast. Aber das hier, zwischen uns, das kann so nicht weitergehen. All das ist nur passiert, weil wir unsere Finger nicht bei uns behalten konnten."

„Ist das dein Ernst? Ela, so einfach kannst du es dir nicht machen."

„Doch, Alex. Das kann ich. Für Anna. Ich kann nicht nur an mich denken und das darf nie wieder passieren. Er darf keine Grundlage haben, sie mir wegzunehmen."

Alex reibt sich mit den Händen durchs Gesicht. Er sieht müde aus. Es schmerzt, dass ich ihn nicht in den Arm nehmen kann. Aber es war ja vorauszusehen, dass die ganze Sache nie von Dauer sein kann.

Meine Arme sind vor dem Brustkorb verschränkt. Teilweise, um Alex davon abzuhalten, mich zu berühren, teilweise aber auch, um mich selbst zusammenzuhalten. Denn sobald er zur Tür raus ist, werde ich in tausend Einzelteile zerbrechen und ich weiß nicht, ob ich noch einmal die Kraft finde, alle Teile von Neuem zusammenzusetzen.

„Ela", seufzt er und legt eine Hand auf meine Wange. Schon rollt die erste Träne, die er mit dem Daumen wegwischt. „Du bist durch den Wind. Das willst du nicht wirklich."

„Doch, das will ich. Ich muss es wollen."

„Musst du überhaupt nicht. Aber ich habe den Eindruck, dass du genau wegen diesem Moment nie deine Gefühle für mich klar ausgesprochen hast. Hast du gehofft, dass es dann einfacher wird?"

Er muss damit aufhören, sonst knicke ich ein.

„Es war ein Fehler, Alex. Bitte denk an Anna und geh."

„Ich denke immer an Anna. Und ich denke immer an dich. Aber wann denkt Ela ein Mal an Ela?"

„Das habe ich in letzter Zeit viel zu oft gemacht. Genau deswegen ist das heute passiert."

„So ein Schwachsinn." Er klingt resigniert. „Ich gehe jetzt. Aber es ist nicht vorbei. Ich weigere mich, das zu akzeptieren. Du bist nicht du selbst. Wir brauchen alle eine Mütze Schlaf und obwohl ich die wesentlich lieber mit dir in meinen Armen nehmen würde, werde ich nach Hause fahren. Aber morgen komme ich wieder und dann reden wir. Und ich meine, wirklich reden. Das haben wir schon viel zu lange vor uns hergeschoben. Ich hab dir ein paar Dinge zu sagen, aber dafür bist du gerade überhaupt nicht empfänglich."

Ich sage nichts mehr. Er will es sowieso nicht hören. Ein letztes Mal nimmt er mich in die Arme. Ich rühre mich nicht vom Fleck, aber ich schiebe ihn auch nicht weg.

So habe ich mir unsere letzte Berührung nicht vorgestellt.

22.

Nach einigen, nicht aufschiebbaren Erledigungen am nächsten Morgen, habe ich eine große Tasche gepackt, die nächsten 2 Wochen mit Kati die Schichten neu organisiert und bin nun mit Anna auf dem Weg ans Meer. Der Zeitpunkt ist aufgrund des bevorstehenden Umbaus ungünstig, doch ich muss hier raus. Paul hat mir den Schlüssel zu seinem Haus überlassen und die drei haben mir versprochen, unsere Katze zu füttern und Alex nicht zu verraten, wo ich bin. Vielleicht kann er es sich denken, weil wir ursprünglich in einer Woche zusammen fahren wollten, doch im Augenblick ist es der einzig denkbare Fluchtpunkt.

Anna spürt, dass irgendetwas nicht richtig ist. Für einen kurzen Besuch bei Polizei und Jugendamt musste ich sie alleine bei Kati lassen, weil sie nicht mitbekommen sollte, was gestern tatsächlich passiert ist. Aber sie merkt, dass ich etwas auf dem Herzen habe. Da die Sache recht schnell aufgeklärt war, hat mir auch das Jugendamt davon abgeraten, wegen Kindesentführung Anzeige zu erstatten. Dafür wird die ganze Geschichte empfindliche Folgen auf sein Besuchsrecht haben. Ich weiß nicht, ob es der richtige Schritt ist, denn ich fühle mich nicht mehr sicher. Aber kann ich die Person sein, die ihm mit einer weiteren Vorstrafe den sicheren Tritt in den Knast verpasst?

Letzte Nacht habe ich neben ihr auf dem Boden des Kinderzimmers geschlafen. Natürlich erst, nachdem ich mich mehrfach abgesichert habe, dass die Haustür abgeschlossen und alle Fenster fest verriegelt sind. Ich habe immer noch panische Angst, dass er sie wieder holt und ich habe das Gefühl, dass von offizieller Stelle niemand etwas tun wird, um ihn abzuhalten. So fühlt sich also wahre Hilflosigkeit an.

Bei der Aussicht auf Strand und Meer ist Anna sofort dabei, auch wenn sie hinterfragt, warum ich ihr nicht früher davon erzählt habe. Bis vor ein paar Stunden wusste ich ja selbst nicht, dass wir fahren.

Sie ist außergewöhnlich still während der gesamten Fahrt und meckert nur einmal, als sie Pipi muss. Nachdem wir das an einer Raststätte erledigt und ich dort für uns noch je einen Kakao gekauft habe, höre ich bis zu Pauls Ferienhaus in Cadzand nichts mehr. Zwischendurch nickt sie ein, aber die meiste Zeit schaut sie einfach nur aus dem Fenster.

Den Klingelton meines Handys habe ich abgestellt, doch es vibriert unaufhörlich in meiner Hosentasche. Alex versucht verzweifelt, mich zu erreichen, aber ich kann jetzt nicht mit ihm reden. Ich wünschte, ich könnte das Telefon komplett abstellen, aber das wäre meiner Familie gegenüber nicht fair.

Nach einem kleinen Zwischenstopp im Supermarkt erreichen wir am frühen Abend das Ferienhaus. Die letzten Strandbesucher machen sich auf den Heimweg und klettern über die Dünen zu dem wenige Meter entfernten Parkplatz. Das Haus liegt direkt am Fuß der Dünen. Wir müssen nur eine kurze Treppe hoch und schon sind wir am Strand.

Das hier soll eine Auszeit vom Alltagsstress sein, also fangen wir sofort damit an.

„Hilfst du mir, die Einkäufe reinzutragen?“, frage ich Anna und halte ihr eine Packung Küchentücher hin. „Dann räumen wir unsere Koffer später aus und gehen jetzt ans Meer. Ich muss nur schnell die Milch und den Joghurt in den

Kühlschrank stellen."

Ich hätte etwas mehr Freude erwartet, doch mein Kind zuckt nur mit den Schultern und folgt mir ins Haus.

Drinnen reiße ich erst einmal die große Terrassentür auf und entdecke auch gleich den neuen Whirlpool, den Paul im Frühjahr installiert hat. Ich weiß jetzt schon, wo ich bin, wenn Anna später schläft.

Die kommt hinter mir durch die Tür und sieht sich skeptisch um.

„Was ist los?", frage ich und knie mich zu ihr, um mit ihr auf Augenhöhe zu sein. „Hast du etwas auf dem Herzen?"

„Nein." Sie schüttelt den Kopf, doch ihre Lippe zittert und sie versucht krampfhaft, die Tränen zurückzuhalten. Es bricht mir das Herz. Sie ist noch zu klein, um so beherrscht zu sein.

„Bist du traurig?" Ich schließe sie in meine Arme und fühle auch schon, wie mein Shirt durchnässt wird.

„Papa hat gesagt, du hättest ihn nicht lieb und deswegen könnte er mich nur selten sehen. Aber gestern hat er mich überrascht und dann kam Alex und hat mich einfach wieder mitgenommen. Die beiden waren wütend und das hat mir ziemlich Angst gemacht."

Alex würde sich noch nicht mal verbal mit Steffen streiten, wenn Anna danebensteht, aber Kinder haben ein feineres Gespür, als wir ihnen oft zusprechen.

Ich muss ihr das wenigstens oberflächlich erklären, ansonsten misstraut sie den falschen Personen. Auch wenn ich ihren Vater nicht bewusst schlecht machen werde, ein paar ehrliche Antworten bin ich ihr schuldig. Und Steffen hat es nicht mehr verdient, geschützt zu werden, um sich selbst weiterhin als der tolle Vater präsentieren zu können.

„Schau mich an, meine Süße." Ich hebe ihr Kinn an, damit

sie mir in die Augen sieht und versteht, was dort falsch gelaufen ist. „Was dein Papa gestern gemacht hat, das war nicht in Ordnung. Ich wusste nicht Bescheid, dass er dich besuchen wollte. Das hätte er mir sagen müssen. Du lebst bei mir, weil er sich nicht um dich kümmern kann und deswegen muss er mit mir absprechen, wenn er dich treffen will. Das weiß dein Papa aber auch sehr genau. Wir hatten ganz große Sorgen, als du auf einmal nicht mehr da warst, weil wir nicht wussten, dass dein Papa dich mitnehmen wollte."

Dass sogar die Polizei involviert war, sage ich ihr nicht. Das ist einfach zu viel für eine kleine Kinderseele.

„Es tut mir leid, Mama!" Schluchzend wirft sie sich an meinen Hals, doch ich schiebe sie direkt wieder von mir.

„Nein, Anna! Das ist nicht deine Schuld. Hast du mich verstanden? Nichts davon ist deine Schuld."

„Ich hätte dich aber vorher fragen müssen."

„Grundsätzlich hast du da auch recht. Wir haben ja ganz oft darüber gesprochen, dass du nicht einfach mit jemandem mitgehen sollst. Aber das ist dein Papa und natürlich hast du ihm vertraut. Du hast nichts falsch gemacht."

Eigentlich sollte sie über so etwas überhaupt nicht nachdenken. Eltern sind Vertrauenspersonen, ohne Wenn und Aber. Normalerweise.

„Beim nächsten Mal gehe ich nicht mit, dann frag ich dich erst vorher." Sie drückt sich an mich und ich lasse sie, erleichtert, dass sie meine Tränen nicht sieht.

Nachdem sie sich beruhigt hat, lässt Anna sich doch noch zu einem kleinen Strandspaziergang überreden. Eine Stunde später haben wir beide die Taschen voller Muscheln und sind auch bereit, zurück ins Haus zu gehen. Die Sonne ist fast am

Horizont verschwunden und hat schon eine Menge Wärme mitgenommen. Jetzt freue ich mich richtig auf den nächsten Tag, den wir einfach nur am Strand und in der Sonne verbringen werden.

Anna fällt an diesem Abend schnell ins Bett. Die letzten Tage waren anstrengend und das spüren wir beide. Nachdem ich sichergestellt habe, dass das Haus von allen Seiten verriegelt ist, öffne ich nur die Tür zur abgeschirmten Terrasse und ziehe mein Strandkleid über den Kopf. Das Wasser für den Whirlpool habe ich vor einer halben Stunde angestellt und inzwischen ist er schon gut gefüllt. Mein Bikinioberteil lasse ich auch fallen, da hier keiner der späten Dünenspaziergänger hereinsehen kann. Auf einem Handtuch lege ich mein Handy bereit, damit ich gleich in Ruhe die Kurznachrichten und Mails der letzten Stunden lesen kann.

Mit einem entspannten Seufzer gleite ich in das warme, sprudelnde Wasser. Ich lehne den Kopf an den Beckenrand und lasse meinen Körper soweit nach oben treiben, bis ich mit den Zehenspitzen an die gegenüberliegende Seite stoße. Erst habe ich Paul für diese Dekadenz ausgelacht, doch jetzt könnte ich ihn küssen. Zudem ist es ja auch nicht verwunderlich, dass die drei etwas mehr Platz hier drin brauchen.

Es sind ein Haufen Kurznachrichten von Alex eingegangen, der mich offenbar sucht. Außerdem eine Mitteilung von Steffen, in der er sich zu einer halbherzigen Entschuldigung hinreißen lässt. Vermutlich hat Alex ihn dazu angehalten oder es ist die Angst, dass ich ihn doch noch anzeigen könnte.

Die einzige Mail ist von Alex, die vor 10 Minuten abgeschickt wurde.

Ela,

ich verstehe, dass Du eine Auszeit brauchst, aber ich wünschte, Du würdest mich nicht ausschließen. Damit meine ich nicht, dass Du mich mitnehmen sollst, aber es wäre nur fair gewesen, wenn Du mir gesagt hättest, wohin Du fährst.

Ich akzeptiere nicht, wie Du mich abwürgen willst. Nicht, weil ich ein kranker Stalker bin, sondern weil ich weiß, dass Du mich liebst. Auch wenn Du es nicht sagst, Du kannst es nicht abstreiten. Ich habe gehört, wie Du geweint hast, als Du mich endlich aus Deiner Wohnung geschoben hattest.

Es gibt viele Dinge, die ich Dir sagen will, aber nicht auf diesem Weg. Nur so viel: Es interessiert mich nicht, was Steffen von uns beiden halten könnte. Er hat Euch nicht verdient und nach unserem letzten Gespräch scheint er das auch einzusehen. Erst vor einer halben Stunde hat er meine Wohnung verlassen. Ich bin nicht naiv genug, um ihm alles bedingungslos zu glauben, schon gar nicht, nachdem er Anna mitgenommen hat. Doch die Sache mit dem Job auf der Bohrinsel scheint er ernst zu meinen. Er sagt, er würde in 3 Tagen starten und hat mich gebeten, ihn zum Flieger nach Norwegen zu bringen, wo er erst einmal eine mehrwöchige Einweisung bekommt. So absurd ich die ganze Geschichte finde, so sehr hoffe ich, dass es dieses Mal wahr ist. Wenn er das durchzieht, ist das für ihn ein Realitätscheck, der schon lange überfällig ist. Außerdem gibt es Euch die Möglichkeit, erst mal für ein paar Wochen durchzuatmen, ohne damit rechnen zu müssen, dass er aus dem Nichts auftaucht.

Geht es Anna gut? Sie ist eine taffe, kleine Person, aber sie ist auch nicht dumm. Sicherlich hat sie mitbekommen, dass etwas im Busch ist.

Wer kümmert sich um Bumblebee? Soll ich sie zu mir holen?

Ela, ich bin noch nicht bereit, Dich aufzugeben. Das werde ich wohl niemals sein. Wenn Du mir sagst, dass Du mich nicht liebst, dann werde ich mich damit arrangieren, aber solange Du das nicht kannst, gebe ich nicht auf.

Ich hoffe, es geht Dir gut, wo Du gerade bist. Ich warte hier auf Dich, auch wenn ich wesentlich lieber zu Dir kommen würde.

Alexander

23.

Nach den letzten 3 Tagen am Strand brauchen wir beide einen Szenenwechsel. Ein Shoppingtrip nach Vlissingen ist da genau das Richtige. Ich spüre, dass Anna unruhig wird und ich bin mir nicht sicher, wie lange ich sie noch hierhalten kann. Dabei bin ich selbst noch nicht bereit, nach Hause zu fahren.

Auf Alex' Mail hab ich nicht geantwortet, auch wenn es mir sehr in den Fingern juckt. Seitdem habe ich auch nichts mehr von ihm gehört. Er fehlt mir mit jeder Minute mehr und ich versuche wirklich, mich nicht zu sehr von diesem Gefühl herunterziehen zu lassen.

„Mama, kann Alex uns besuchen kommen?" Es ist, als hätte Anna meine Gedanken gelesen. Wir stehen auf der Fähre Richtung Vlissingen und schauen dabei zu, wie der Hafen in Breskens hinter uns immer kleiner wird.

„Er muss doch arbeiten. Ich denke nicht, dass er Zeit hat."

„Soll ich ihn mal anrufen?" Sie weiß schon sehr genau, dass er ihr nichts abschlagen kann.

„Nein, Schatz. Ich denke, er ist auch ganz froh, wenn er ein paar Tage für sich hat."

Das ist ein Konzept, welches der durchschnittlichen 6-Jährigen natürlich völlig fremd ist.

„Magst du ihn nicht mehr? Habt ihr euch auch gestritten?", fragt sie leise. „Das wäre nämlich ganz schön blöd. Ich hab ihn ziemlich lieb."

Das hat sie noch nie über Steffen gesagt.

„Ich weiß, Anna. Nein, wir haben keinen Streit. Es ist nur

Erwachsenenkram, den wir regeln müssen. Das hat aber nichts damit zu tun, dass Alex dich auch sehr lieb hat und du ihn weiterhin sehen kannst."

Selbst wenn ich daran kaputtgehe, ich werde ihr ihren geliebten Onkel nicht nehmen.

Mit den Armen voller Einkaufstaschen erwischen wir gerade noch die letzte Fähre zurück nach Breskens. Anna ist so stolz auf ihre neuen Flip Flops, besonders deswegen, weil ich mir die gleichen in meiner Größe gekauft habe. Wir sitzen nebeneinander in der Abendsonne an Deck und bewundern, wie die feinen Strass-Steinchen auf den dünnen Riemchen um die Wette glitzern.

„Du hast ganz schön kurze, dicke Zehen, Mama." Na toll. Wenn das meinem Kind schon auffällt, rede ich es mir nicht bloß ein.

„Ja, leider. Aber du nicht. Deine Zehen sind jetzt schon fast länger als meine."

„Ich hab Omas Füße", sagt sie zufrieden und wackelt mit ihren zierlichen Zehen. Gott sei Dank. Je mehr sie aus dem Genpool meiner Familie hat, desto besser.

Zurück im Ferienhaus wandert Anna freiwillig ins Bad und von da aus direkt ins Bett. Wir haben unterwegs noch zu Abend gegessen, wo sie mir beinahe am Tisch schon eingeschlafen wäre. Es ist zwar noch nicht sehr spät, aber sie ist völlig erledigt. Auch ich bin erschöpft und verschwinde nach einer Dusche und einem halben Glas Rotwein im Bett.

Am nächsten Morgen wache ich völlig gerädert auf. Der Wecker auf dem Nachttisch zeigt gerade einmal 6 Uhr.

Wesentlich zu früh für einen Urlaubstag. Anna wird frühestens in 2 Stunden aufstehen. Das hat man davon, wenn man früh ins Bett geht. Noch gemeiner ist es, wenn man sich einbildet, Geräusche im Haus zu hören und dabei aus einem wunderschönen Sextraum gerissen wird. Scheiß Paranoia.

Trotzdem muss ich nachschauen. Auf Zehenspitzen schleiche ich in Annas Zimmer und sehe sie friedlich im Bett liegen. Ihr schmaler Arm hängt mit der Bettdecke an der Seite herunter. Mit leicht geöffnetem Mund liegt sie auf dem Bauch und schnarcht leise vor sich hin.

Beruhigt, dass bei ihr alles in Ordnung ist, verschwinde ich kurz ins Bad und schlüpfe dort gleich in die Jeansshorts und das T-Shirt von gestern. Auf nackten Füßen wandere ich die Treppe runter, wo mir der Duft von frischem Kaffee entgegenschlägt. Hätte dieses Indiz die Situation nicht entschärft, hätte ich vermutlich laut losgebrüllt, weil ein Mann im Sessel vor dem Kamin sitzt.

„Papa?“

Mein Vater sieht erschrocken auf, weil er mich nicht herunterkommen gehört hat. Also habe ich mir das Geräusch doch nicht eingebildet.

„Was machst du hier?“, frage ich leise, damit Anna nicht aufwacht.

„Nimm dir einen Kaffee und setz dich zu mir.“ Er klopft auf den Fußhocker vor sich und lächelt mir zu.

„Wo ist Mama?“

„Zu Hause.“

„Ich dachte, sie wollte in den Wellness-Urlaub?“ Mit einem vollen Becher setze ich mich ihm gegenüber.

„Nicht nach der Aktion, die Steffen abgezogen hat. Sie haben es verschoben. Genau genommen, hat sie mich geschickt.“

„Und woher weißt du, dass ich hier bin?“

„Jakob natürlich. Wie sollte ich sonst auch hier reingekommen sein? Außerdem habe ich dir gesagt, dass ich mit dir reden will. Wenn du nicht zu mir kommst, dann komme ich eben zu dir.“

„Dafür hättest du aber nicht 300 Kilometer fahren müssen.“ Lachend lege ich meine Hand auf seine.

„Für meine Kinder tue ich alles. Du weißt doch selbst, wie das ist.“

„Worauf willst du hinaus?“ Ich ziehe die Beine unter meinen Po und halte mich an meinem Kaffeebecher fest. Mein Vater hat die Terrassentür geöffnet und die von der See hereindrängende Brise ist noch sehr kühl.

„Du weißt, dass ich nicht Jakobs leiblicher Vater bin.“

„Natürlich.“ Es war nie ein Geheimnis, aber all das ist schon so lange her, dass es bei uns in der Familie kaum noch thematisiert wird.

„Du weißt auch, dass Jakobs Vater gestorben ist, als er gerade mal 2 Jahre alt war.“

„Ja, das weiß ich alles. Warum erzählst du mir das?“ Verständnislos sehe ich ihn an.

„Ich sehe viel von deiner Mutter in dir.“ Verstohlen wischt er sich eine Träne aus dem Augenwinkel.

„Jetzt werde mir nicht sentimental, Papa. Ich habe mich gerade erst von dem ganzen Drama beruhigt.“ Doch ich kann nicht verhindern, dass auch mir die Tränen in die Augen steigen. Mein Vater ist kein Mann, der weint.

„Weißt du, warum du erst 10 Jahre nach Jakob zur Welt gekommen bist?“

„Ich gehe mal davon aus, dass du erst später mit Mama

zusammengekommen bist. Ehrlich gesagt habe ich da nie drüber nachgedacht."

„Das ist natürlich der Hauptgrund. Aber die Ursache ist eine ganz andere. Was du vermutlich nicht weißt, ist, dass Jakobs Vater mein bester Freund war. Ich habe sogar neben ihm am Altar gestanden, als er deine Mutter geheiratet hat. Da war ich schon in sie verliebt, aber ich hätte mich nie gewagt, auch nur einen Schritt in diese Richtung zu machen. Ich wusste, dass sie glücklich war. Er war mein bester Freund und in dieser Konstellation hatte ich nichts zu suchen. Selbst nach dem Autounfall, bei dem er ums Leben gekommen ist, habe ich mich noch für mindestens 2 Jahre komplett zurückgehalten. Ich hatte Beziehungen mit anderen Frauen und habe immer versucht, deine Mutter aus dem Kopf zu bekommen."

So langsam bekommt die Geschichte einen vertrauten Touch.

„Ich habe lange gebraucht, um deine Mutter davon zu überzeugen, dass es okay ist, sich neu zu verlieben. Es hat noch viel länger gedauert, bis sie ihre Gefühle für mich zulassen konnte. All das war verwirrend für sie. Sie hat sich schuldig gefühlt, als würde sie ihren verstorbenen Ehemann mit mir betrügen. Wir haben uns nie aus den Augen verloren und ich habe auch damals schon Jakob mit großgezogen. Das ist natürlich bei den Frauen, mit denen ich ausgegangen bin, nie besonders gut angekommen. Aber es hat mich nicht interessiert und das hat immer schnell zu einem Ende jedes Beziehungsanfangs geführt. Meine Gefühle habe ich lange für mich behalten, aber den Kontakt zu ihr komplett abzubrechen, dazu hatte ich keine Kraft."

„Papa …", seufze ich und will gerade aufstehen, als er mir

eine Hand auf den Unterarm legt.

„Alexander war gestern bei uns. Er hat uns alles erzählt."

Ich glaube, mein gesamter Blutvorrat versucht sich in meinen Wangen anzusiedeln, nur um wenige Sekunden später in meine Magengegend zu rauschen. Mir ist schwindelig und übel.

„Warum hat er das getan?", schluchze ich und schlage mir erschrocken die Hand vor den Mund. Ich habe meine Emotionen überhaupt nicht mehr im Griff. Im letzten Moment schaffe ich es, die volle Kaffeetasse auf dem kleinen Beistelltisch neben dem Sessel abzustellen.

„Weil er dich liebt." Mein Vater ist erstaunlich entspannt. Ich weiß nicht, ob das die Ruhe vor dem Sturm ist. Er greift in die Brusttasche seines Hemdes und reicht mir sein sauberes, frisch gebügeltes Stofftaschentuch. Doch als ich es nicht annehme, weil meine Finger furchtbar zittern, wischt er mir die Tränen ab. „Meinst du, ich bin blind? Ich sehe schon seit mindestens einem Jahr, dass Alex mehr als nur Annas Onkel ist. Ich habe das kommen sehen und ich wünschte, ich hätte früher etwas gesagt. Die ganze Geschichte war letztendlich unvermeidlich. Wärst du damals nicht so jung gewesen, wärst du vermutlich bei ihm gelandet und nicht bei Steffen hängengeblieben."

„Bist du nicht sauer?", hickse ich. Fantastisch. Jetzt hab ich mir auch noch einen Schluckauf angeheult. Ich nehme das Taschentuch und wische mir die Nase ab.

„Warum sollte ich sauer sein? Alexander hat mir erzählt, wo du dich da reingesteigert hast, aber so ganz verstehe ich es nicht. In welchem Leben hat Steffen verdient, dass du ihn in der ganzen Geschichte berücksichtigst? Es besteht keinerlei Verwandtschaft zu Alex, weder genetisch noch angeheiratet.

Alles andere ist doch uninteressant. Dein geschiedener Bruder lebt glücklich in einer Dreierbeziehung und aus der Konstellation werde ich bald wieder Opa. Glaubst du ernsthaft, dass es mich da noch schocken könnte, dass du dich in den Bruder von Annas Vater verliebst? Deine Mutter und ich, wir wollen unsere Kinder nur glücklich sehen. Alles andere ist Nebensache."

Ich kann nicht anders, ich muss ihn umarmen. „Du bist der Beste, Papa", nuschele ich an seinem kratzigen Hals. Anscheinend hatte er noch nicht mal Zeit, sich zu rasieren, was sehr untypisch für ihn ist.

„Wann bist du eigentlich losgefahren, dass du jetzt schon hier bist? Hast du überhaupt geschlafen?"

„Um 3 Uhr heute Nacht sind wir los, nachdem wir alles ausdiskutiert hatten. Also nein, ich habe noch nicht geschlafen."

„So dringend war es … Moment! Wir?"

„Ja, wir. Ich und der junge Mann, der gerade am Strand sitzt und sicher auch einen Kaffee gebrauchen könnte."

„Alex ist hier?", frage ich leise und versuche krampfhaft mein breites Grinsen in den Griff zu bekommen.

„Du bist zwar ein schlaues Mädchen, aber manchmal bist du ganz schön schwer von Begriff. Na los, geh schon. Ich mache auf der Couch noch ein bisschen die Augen zu, bis Anna aufsteht."

Um diese frühe Uhrzeit ist er die einzige Menschenseele am Strand, aber ich hätte ihn auch so nicht verfehlt. Er sitzt direkt am Ufer und sieht den Containerschiffen in der Ferne zu. Seine Schuhe hat er neben sich stehen. Durch das Meeresrauschen werden meine Schritte gedämpft und er kann mich nicht hören. Doch er hofft ja augenscheinlich darauf, dass ich komme und schaut sich deswegen in dem Augenblick um, als ich nur wenige Meter hinter ihm stehe.

„Kaffee?“, frage ich und halte ihm einen Thermobecher hin, doch er wartet, bis ich neben ihm stehe, zieht mich am Handgelenk zu sich runter und nimmt mir erst dann den Becher aus der Hand. Er legt mir eine Hand in den Nacken

und im ersten Moment hoffe ich, dass er mich auf den Mund küsst, doch es ist nur meine Wange, die er im Visier hatte.

„Wie geht es dir?", fragt er. „Du hast schon wieder geweint.“

Er ist distanziert, aber das kann ich ihm nicht verübeln. Zu viel ist passiert in den letzten Tagen.

„Ich hatte ein interessantes Gespräch mit meinem Vater. Eigentlich wollte ich ja nicht, dass du herkommst.“ Er nimmt einen Schluck aus dem Becher und stellt ihn neben sich in den Sand.

„Erstaunlicherweise kann dein Vater mich sehr gut leiden und hatte Mitleid mit mir. Aber davon abgesehen, dachte ich mir schon, dass du hier bist. Ich fahre allerdings wieder, wenn du mich wegschickst.“

„Nein, nicht.“ Ich nehme seinen Unterarm und halte mich daran fest. Alex lächelt müde.

„Ich hab ihn zum Flieger gebracht. Er ist auf dem Weg nach Norwegen.“

Es ist eine kleine Erleichterung, dass wir Steffen vorerst aus den Füßen haben.

„Über kurz oder lang kommt er zurück. Wie ich ihn kenne, früher statt später.“

„Ela, ganz ehrlich. Ich will nicht wie ein Arschloch klingen, aber bitte hör auf, schon wieder eine Wand an neuen Ausreden aufzubauen. Einen Fehler habe ich in den letzten Wochen gemacht: Ich hätte dir deutlicher machen müssen, dass es mir egal ist, was alle anderen denken, und dass ich mit dir zusammen sein will. Aber ich dachte, dass wäre es, was du wolltest. Du hast mich in dein Bett gelassen, doch auf den letzten Millimetern zu deinem Herz hast du mich weggestoßen. Die meiste Zeit hatte ich wirklich das Gefühl, dass du nur eine Affäre willst. Ich habe dir gesagt, dass ich dich liebe, aber du hättest dir eher die Zunge abgebissen, als mir das Gleiche zu gestehen. Mein ganzes Verhalten war nur darauf begründet, dass ich dachte, es wäre in deinem Sinne. Ich hatte das Gefühl, du schämst dich für mich.“ Mit zusammengepressten Lippen vergräbt er die nackten Zehen im Sand.

Ich halte das nicht mehr aus. Bei allem, was passiert ist, ist es für mich das Schlimmste, wenn Alex sich von mir distanziert. Ehe er reagieren kann, schwinge ich mich rittlings auf seinen Schoß und nehme sein Gesicht in meine Hände. Doch er schaut zur Seite.

„Sieh mich an!“ Nur zaghaft fängt er meinen Blick auf. Ich weiß nicht, ob ich lachen oder weinen soll. Haben wir es uns wirklich nur unnötig schwer gemacht und viel zu lange gelitten?

Sanft streiche ich über seine Wangenknochen. Mit dem Daumen fahre ich über seinen verlockenden Mund. Seufzend schließt er die Lider, doch ich möchte, dass er mich dafür ansieht.

„Mach die Augen auf. Bitte!“

Sofort schaut er mit wachem Blick zu mir auf und schlingt auch endlich seine Arme um mich.

„Es tut mir leid, dass ich dir diesen Eindruck vermittelt habe. Ich habe mich geschämt, ja. Für die Gefühle, die ich für dich habe, aber nie für dich. Mir wird erst jetzt klar, wie unnötig das alles war. Aber die ganze Situation war so verworren, dass ich mir nicht zu helfen wusste. Ich will dich, Alex. Nicht nur in meinem Bett. Jeden Tag und nicht bloß als Annas Onkel. Du bist schon lange viel mehr als das. Ich will mich nicht mehr verstecken. Das haben wir beide nicht verdient."

Er atmet tief ein und lässt die Luft unter Zittern wieder aus seinen Lungen. „Ich hab dir gesagt, ich dränge dich nicht, aber ich muss es hören, Ela."

„Ich liebe dich, Alex." Er traut sich kaum zu lächeln, doch als ich ihn küsse, spüre ich es an meinen Lippen. „Das wollte ich dir schon lange sagen. Und wenn du mich hättest ausreden lassen, dann hätte ich auch die Chance gehabt, es von mir aus rauszubringen."

„Ich bin ein alter Mann, da hat man keine Zeit zu verlieren." Mit einem Ruck dreht er sich um und im Bruchteil einer Sekunde liege ich plötzlich im Sand und er über mir.

„Du bist aber noch ganz schön fit für dein Alter." Ich kann nicht widerstehen und kneife durch die Jeans in sein festes Hinterteil.

„Das solltest du lassen, ansonsten kann ich für nichts garantieren." Langsam reibt er sich an meinem Schoß und ich kann durch die Jeans spüren, wie er hart wird. „Dabei hätte ich dich ausnahmsweise gerne noch mal in einem Bett. Aber dazu haben wir in Zukunft hoffentlich regelmäßig die Gelegenheit."

„Definitiv. Aber jetzt brauche ich Frühstück. Und du eine Mütze Schlaf."

24.

Er ist der Erste auf so vielen Ebenen. Vor allem ist er aber der erste Mann, der die Nacht in meinem Bett verbringen darf und er ist die erste Person, der ich außerhalb meiner direkten Familie gesagt habe, dass ich sie liebe. Ich weiß nicht, ob es daran liegt, dass Steffen mich für alle Männer versaut hat und ich nie jemandem trauen konnte. Vielleicht habe ich aber auch immer nur auf Alex gewartet.

Mein Vater ist noch bis zum Nachmittag desselben Tages geblieben, bevor er sich wieder auf den Weg in die Heimat gemacht hat. Und er hat uns noch ein großes Geschenk gemacht, indem er Anna mitgenommen hat. Sie hatte sowieso keine Lust mehr hierzubleiben und ehrlich gesagt, bin ich erleichtert. Ich liebe mein Kind und ich habe sie gerne bei mir, aber im Augenblick brauchen Alex und ich ein paar ungestörte Stunden, die wir endlich ohne schlechtes Gewissen verbringen. Ich kann zwar den Reflex noch nicht ganz abstellen, doch die Momente, in denen ich mich schuldig fühle, haben deutlich abgenommen.

Jetzt liege ich im Morgengrauen neben Alex im Bett und beobachte ihn im Tiefschlaf. Er war einfach nur erschöpft gestern Abend, weil er sich geweigert hat, tagsüber den versäumten Schlaf nachzuholen. Man sollte meinen, wir wären wie die Tiere übereinander hergefallen, sobald mein Vater mit Anna das Haus verlassen hat, doch wir waren beide emotional ausgelaugt und einfach nur glücklich mit der Gesellschaft des Anderen. Selbst ein gemeinsames Bad im Whirlpool konnte uns zu nichts hinreißen und hat uns nur schläfriger gemacht. Auch wenn ich die Angst um Anna noch lange nicht abstellen kann, bei meinen Eltern weiß ich sie in guten Händen und deswegen konnte ich die letzte Nacht wie ein Baby in Alex' Armen schlafen.

Jeder Versuch, ihn wachzugucken, scheitert kläglich. Er schläft so tief, dass ich genau hinschauen muss, um festzustellen, dass er noch atmet. Zu gerne würde ich mich jetzt mit ihm durch die Laken wühlen, denn meine Libido ist inzwischen mehr als ausgeschlafen und mindestens ein Körperteil von Alex ist hellwach und einsatzbereit. Doch ich bringe es nicht übers Herz, ihn zu wecken.

Leise seufzend krabbele ich unter der Decke hervor und schleiche ins Bad. Das Wetter war in den letzten Tagen einfach traumhaft, aber am frühen Morgen ist es immer noch arschkalt. Bibbernd schließe ich das Badezimmerfenster und stelle die Dusche an, um den Raum aufzuwärmen. Nachdem ich meine Blase erleichtert und die Zähne geputzt habe, streife ich meinen Slip und Alex' T-Shirt ab, das er mir heute Nacht überlassen hat, als es mir zu kalt wurde. Eigentlich wollten wir Haut an Haut schlafen, aber wenn ich extrem müde bin, dann friere ich sehr schnell. Da reicht auch Alex' Körper nicht, um mich aufzuheizen.

Immer noch bibbernd steige ich unter den warmen Duschstrahl. Erst als mich das Wasser komplett bedeckt, verlässt auch die Kälte meinen Körper.

Ich greife gerade nach der Shampooflasche, als Alex den Raum betritt. Verschlafen streicht er sich durch die Haare, sieht mich aus zusammengekniffenen Augen an und geht grußlos aus dem Raum.

Verwirrt sehe ich ihm hinterher. Er hat die Tür weit aufgelassen, also kommt er hoffentlich bald wieder, denn es wird mächtig kalt hier drin. Wenige Momente später höre ich die Spülung der Gästetoilette im Erdgeschoss. Na Gott sei Dank. Wir sind zwar vertraut, aber hoffentlich niemals so vertraut.

Immer noch völlig verpennt schlurft er ins Bad und schließt die Tür hinter sich. Mit halb geschlossenen Augen drückt er Zahnpasta auf seine Zahnbürste und beginnt zu putzen.

„Du hättest doch noch schlafen können", sage ich, während ich meine Haare shampooniere. „Ich wollte gleich los und für uns Brötchen holen."

Träge dreht er sich um und lehnt sich mit dem Hintern ans Waschbecken. Er putzt unbeirrt weiter und beobachtet mich dabei. Außer einer Boxershorts trägt er nichts, also tue ich es ihm nach und starre ihn genauso ungeniert an. Schließlich umspielt ein Grinsen seinen mit aufgeschäumter Zahnpasta eingerahmten Mund. Er spült sich den Mund aus und lässt dann seine Shorts fallen.

„Frühstücken würde ich lieber gleich mit dir im Strandcafé. Darf ich zu dir kommen?"

„Überflüssige Frage." Ich strecke meine Hand raus und ziehe ihn zu mir. Er ist ganz kalt und da ich inzwischen gut aufgewärmt bin, überlasse ich ihm das Wasser.

„Hast du gut geschlafen?", fragt er, als er mich in seine Arme schließt.

„So gut, wie schon lange nicht mehr."

Alex lässt die Hände über meinen Rücken und zu meinem Po wandern. Er küsst meine Schläfe und streift mit den Lippen über meine Ohrmuschel. Innerhalb weniger Sekunden ist er zwischen uns vollständig hart geworden. Ich kann einfach nicht widerstehen und muss ihn in die Hand nehmen.

Sein leises Stöhnen an meinem Ohr macht mich schwach.

„Ela, nicht." Sanft schiebt er meine Hand beiseite. „Es ist zu lange her und ich will es nicht hier in der Dusche machen, geschweige denn wie ein pubertierender Bengel über deine Finger kommen. Lieber will ich dich gleich noch einmal mit ins Bett nehmen."

„Dann lass mich deine Haare waschen."

„Muss ich dafür auf die Knie gehen?", fragt er und reicht mir sein Duschgel.

„Solange du mir keinen Antrag machst."

Alex sieht mich mit einer hochgezogenen Augenbraue an und kniet sich dann aber tatsächlich vor mir hin.

„Was?", frage ich. „Das meine ich ernst."

„Weißt du, Ela, irgendwann mache ich das auf jeden Fall. Und ich hoffe sehr, dass du dann Ja sagst."

Es ist wie ein Reflex, doch ich unterdrücke ihn in letzter Sekunde, um den Moment nicht zu ruinieren. Doch den Gedanken selbst, was Steffen darüber denken wird und wie er dann reagiert, den kann ich nicht unterdrücken. Aber das Problem werden wir jetzt gemeinsam lösen, egal wie und wann es wieder auf uns zukommt. Es wird einfacher werden, wenn wir dabei klar zueinander stehen.

Nur sehr widerwillig steige ich aus der Dusche heraus, weil ich damit rechne, mir den Hintern abzufrieren, doch wir haben so viel Zeit unter dem warmen Wasser verbracht, dass auch der Rest vom Badezimmer aufgeheizt ist. Außerdem steht jetzt die Morgensonne auf dem Bade- und Schlafzimmerfenster. Während Alex noch einen Moment in der Dusche bleibt, trockne ich mir draußen schon die Haare ab und hülle mich in ein großes Handtuch.

„Wage es nicht, irgendwo anders hinzugehen als ins Bett“, ruft Alex mir hinterher, als ich die Badtür öffne.

„Das war der Plan, Onkel Alex. Aber beeil dich, sonst fange ich ohne dich an.“ Ich lasse ihm keine Zeit zu antworten und renne sofort über den Flur ins Schlafzimmer, wo ich achtlos das Badetuch auf den Boden fallen lasse und ins warme Bett schlüpfe. Alex folgt mir auf dem Fuße, noch tropfnass. Mit gespielter Empörung bleibt er vor dem Bett stehen. Angestrengt versucht er, mit einem kleinen Handtuch um die Hüften, seine Blöße zu bedecken.

„Du hast das einzige Badetuch entführt. Und du hast mich wieder Onkel genannt.“

„Ich weiß.“ Unauffällig strecke ich meine Hand unter der Bettdecke raus und ziehe Alex mit einem Ruck das Handtuch weg. Er macht noch nicht mal Anstalten, seine Erregung zu verbergen.

„Du hast mich lieber ganz nackt?“, fragt er stattdessen herausfordernd.

„Immer. Na ja, meistens. Vor anderen Leuten würde ich schon Kleidung bevorzugen. Aber grundsätzlich …“

Mit einem verschlagenen Grinsen nimmt er einen Zipfel der Bettdecke auf und zieht sie langsam von meinem Körper. Wieder bleibt er nur vor mir stehen und schaut mich an.

„Du machst mich verlegen, wenn du mich einfach nur anstarrst“, sage ich und strecke meine Hand zu ihm aus.

„Du hast keinen Grund verlegen zu sein.“ Er nimmt meine Hand und lässt sich von mir aufs Bett ziehen, wo er sich direkt zwischen meine Schenkel und auf mich schiebt. „Du bist perfekt.“ Zärtlich küsst er meinen Mund und streicht mit beiden Händen meine Haare nach hinten. Er ist immer noch nass von der Dusche, doch das nehme ich kaum wahr. Ich spüre nur, wie sein Schwanz langsam über meine Spalte reibt. Unruhig rutsche ich unter ihm umher, weil ich ihn unbedingt in mir haben will.

„Keine Eile, Kleine." Er hat mich schon seit Wochen nicht mehr „Kleine" genannt, doch zum ersten Mal stört es mich nicht. Nicht in diesem Moment.

„Bitte, Alex! Ich brauche dich." Sanft küsse ich seine Unterlippe und schlinge meine Beine um seine Hüften. Es ist nur eine Bewegung und er ist in mir. Ich kann seine feuchte Eichel bereits an meinem Kitzler spüren.

„Nein!", protestiert er und löst sich aus meinem Klammergriff. „Rutsch ein Stück hoch. Ich will, dass du siehst, was ich mit dir mache."

Ich kann jetzt schon fühlen, wie sich die Feuchtigkeit an den Außenseiten meiner Schamlippen sammelt. Bisher habe ich nie auf eine Person so reagiert, aber bei Alex reicht ein Kuss oder der pure Hautkontakt. Manchmal reichen auch die richtigen Worte. Gerade bekomme ich eine Kombination aus allen 3 Faktoren.

„Ich kann nicht." Meine Wangen müssen feuerrot sein, so erregt bin ich.

Alex beugt sich über mich und nimmt einen Nippel zwischen die Lippen. Er saugt so fest daran, dass dieser sich hart aufstellt.

„Warum?", fragt er, greift jedoch gleichzeitig unter meinen Rücken und hebt mich an, um mich leichter nach oben schieben zu können. Dass er dabei ein Knie an meine Scham presst, macht es nicht gerade leichter.

„Weil ich das Gefühl habe, bei der kleinsten Bewegung zu kommen", sage ich atemlos.

„So schlimm?" Teuflisch grinsend schiebt er mir die beiden

Kopfkissen in den Rücken, damit ich bequem halbaufrecht sitzen kann, und lässt beiläufig einen Finger durch meine Spalte gleiten.

„Noch viel schlimmer."

Den Blick immer auf mein Gesicht gerichtet, legt er sich zwischen meine Beine und drängt sie noch weiter auseinander.

„Zieh deine Knie nach oben. Und schau zu."

Ich tue, wie mir befohlen und kann genau dabei zusehen, wie er über meinen Kitzler leckt. Ein wohliges Seufzen kommt tief aus seiner Kehle und die Vibrationen dessen übertragen sich direkt auf meine intimste Stelle.

Zitternd vergrabe ich meine Hände in seinen Haaren.

„Ist das gut?", fragt er und saugt dabei den kleinen Ring an meiner Klitoris zwischen seine Lippen.

„Zu gut." Ich schließe die Augen und lege den Kopf in den Nacken, doch da lässt er von mir ab.

„Schau mich an. Ich will, dass du siehst, wer das mit dir macht."

Eigentlich habe ich nichts für besitzergreifende Männer übrig, aber im richtigen Moment …

Ich strenge mich an, seinem Blick standzuhalten, doch das ist nicht leicht, wenn man gleichzeitig dagegen kämpft, sich nicht jetzt schon von der Erregung überfluten zu lassen.

Mit Zeige- und Mittelfinger massiert er vorsichtig um meinen Kitzler und führt sie dann langsam in mich ein. Schon spüre ich wieder seine Zunge. Seine Hände, sein Mund, seine Wärme, es ist zu viel. Ich habe keine Chance. Alex muss meine Beine auseinanderhalten, als ich so heftig komme, dass es bis in meine Fingerspitzen kribbelt.

Keuchend kralle ich mich in der Bettdecke fest und werde von mehreren Wellen überrollt, die mir fast die Luft zum

Atmen nehmen. Alex lässt gerade lange genug von mir ab, um mich in die Kissen zu drücken, sich meine Beine um die Hüften zu legen und mühelos in mich einzudringen. Mein Innerstes pulsiert noch und das bekommt er jetzt zu spüren. Er stützt sich mit den Ellenbogen neben meinen Kopf ab und küsst mich, während er es auskostet, wie ich unter ihm zittere. Als sich mein Körper beruhigt, bewegt er sich endlich. Ich bin total überreizt, doch es fühlt sich immer noch angenehm an, sodass ich ihm bei jedem Stoß entgegen komme.

„Ella, ich … Oh Gott …“ So überraschend wie heftig folgt Alex mir und bricht über mir zusammen, doch er rollt sich sofort zur Seite, um mich nicht zu zerquetschen.

„Das war überfällig“, bemerkt er mit einem zufriedenen Lächeln. Er hat den Gesichtsausdruck eines Katers, der sich nach einer üppigen Mahlzeit träge die Pfoten leckt.

„In Zukunft müssen wir uns nicht mehr ewig zurückhalten und auf den richtigen Moment warten. Das heißt natürlich, erst dann, wenn wir Anna eingeweiht haben.“

Alex dreht sich zu mir und legt seine Hand auf meinen nackten Bauch. „Werden wir Anna einweihen?“, fragt er.

Wir haben zwar gestern noch lange gesprochen, aber solche Fragen zeigen doch, dass bei uns beiden noch eine große Unsicherheit herrscht.

„Natürlich. Obwohl ich ja fast damit rechne, dass es sie nicht sonderlich überraschen wird.“

„Stimmt. Sie hat mich ja schon gefragt, ob ich in dich verliebt bin.“

„Sie hat was? Und was hast du gesagt?“ Sie hat da mal was erwähnt, aber ich hätte nicht gedacht, dass sie ihn fragt.

„Dass ich dich ziemlich lieb habe, aber dass es bei

Erwachsenen nicht so einfach ist."

Auch wenn ich keine Zweifel daran habe, muss ich diese Frage wenigstens ein Mal stellen.

„Bist du denn auch bereit, mehr als nur ein Freund für Anna zu sein? Du weißt, dass es nicht nur um uns beide …" Mit dem Zeigefinger auf meinem Mund, unterbricht er den Beginn meines Vortrags. Er dreht sich zu mir und schließt mich so fest in den Arm, wie es nur geht.

„Ela, ich kenne die Konsequenzen, wenn wir offiziell ein Paar sind. Es bedeutet, dass Anna mich vollständig in Beschlag nimmt und es sie am Boden zerstören würde, wenn ich wieder gehe. Und es bedeutet, dass, welcher Stress auch immer uns noch mit Steffen bevorsteht, ich fest an deiner Seite stehe. Was du noch nicht verstanden hast, ist, dass ich bereits seit ganz langer Zeit dazu bereit bin. Das hier ist mein Traum und ich warte immer noch darauf, wieder aufzuwachen."

„Es ist kein Traum." Ich schmiege mich ganz nah an ihn und bete, dass ich recht behalte.

25.

8 Monate später

Viel später als geplant, haben wir endlich den Umbau des *Trudi's* gestemmt. Die Handwerker haben gestern die letzten Leisten angebracht und das große Bücherregal installiert. Ich habe die halbe Nacht damit verbracht, mit Bens Hilfe die Bücher einzusortieren und die Möbel aus der Einlagerung zu holen. Jetzt ist alles perfekt. Da inzwischen schon Februar und heute Karnevalssonntag ist, haben wir eine kleine, familieninterne Eröffnungsfeier organisiert. Die Stadt ist mit Jecken überfüllt und wir sind nicht wahnsinnig genug, während der Karnevalstage eine Neueröffnung zu machen. Der eigentliche Plan, den Umbau bis zum Herbst durchzuziehen, wurde jäh durch Katis Schwangerschaftskomplikationen unterbrochen. Wegen vorzeitiger Wehen musste sie praktisch den ganzen Rest der Schwangerschaft liegend verbringen und war nur eine bedingte Hilfe. Ich konnte den Laden nicht alleine schmeißen und die Renovierungsarbeiten organisieren, also hat es mit vereinten Kräften der Familie etwas länger gedauert.

Heute Morgen habe ich mit Kati den Teilhabervertrag unterschrieben. Sie wollte es schon viel eher machen, aber mir war es wichtig, dass der Laden steht und sie auch sieht, dass ich bereit bin, mich da reinzuhängen. Im Augenblick stillt sie noch den 4 Wochen alten David, aber natürlich hängt sie sich schon wieder fleißig rein. Zum absoluten Unmut von Paul und Jakob.

Bevor gleich die gesamte Familie hier einfällt, fülle ich noch die neuen Serviettenhalter und Zuckerstreuer auf, die Anna eifrig auf den Tischen verteilt. Kati müsste auch jeden Augenblick runterkommen, sobald der kleine David seinen Mittagsschlaf beendet hat.

Sie sind alle da, jede Person, die ich als Familie empfinde. Auch Sandra und Nicole, die ich in dem Stress um Alex unbewusst auf Abstand gehalten habe, die mir aber in den letzten Wochen eine große Hilfe waren.

Meine Eltern haben sich mit Anna und ihrem neuesten Enkelkind in den hinteren Bereich zurückgezogen und sind nicht ansprechbar. Jakob, Paul, Alex und Ben stehen in der Küche, reden über „Männersachen" und plündern vermutlich meine erste, selbstgebackene Marzipantorte, während ich mit den Mädels um einen Tisch sitze und Prosecco schlürfe. Obwohl Kati nur die alkoholfrei Variante trinkt, hat sich der Vorrat verdächtig reduziert. Wir haben zwar schon zwei Flaschen mit Umdrehungen geleert, ich gehe aber trotzdem noch einmal für Nachschub in die Küche.

Alex hat sofort nur Augen für mich, als ich in die Küche komme. Aus dem Augenwinkel sehe ich, wie eine Flasche Radler hinter Bens Rücken verschwindet. Kati wäre darüber nicht begeistert, deswegen tue ich, als hätte ich nichts gesehen. Ich weiß, dass mein Bruder so etwas nie fördern würde, dass es ihm aber lieber ist, wenn er seine ersten Versuche mit Alkohol in seiner Gegenwart macht.

„Hast du Spaß?", fragt Alex leise neben mir, um das überaus wichtige Gespräch über die Qualität eines neuen Videospiels nicht zu unterbrechen.

„Immer. Aber noch mehr, wenn ich dich heute Nacht für mich alleine habe."

Dass ich lauter als beabsichtigt gesprochen habe, merke ich an dem auffälligen Räuspern meines Bruders. „Es reicht, wenn ich es theoretisch weiß, Schwesterherz. Ich brauche keine Demonstration."

„Hab dich nicht so", sage ich lachend und drücke ihm einen Kuss auf die Wange, bevor ich an ihm vorbei nach einer neuen Flasche greife.

Ich weiß nicht, was passiert ist, aber inzwischen sind Alex und Jakob beste Freunde. Es war zwar keine offene Feindschaft zu Beginn, aber Jakob konnte seine Skepsis nur schwer verbergen. Das ist sogar noch mal etwas schlimmer geworden, als er davon erfahren hat, dass wir jetzt ein Paar sind. Eines Samstagabends, vor etwa 5 Monaten, wir hatten es uns schon vor dem Fernseher gemütlich gemacht, schlägt Jakob bei uns auf und nimmt Alex mit. Er durfte sich gerade noch die Schuhe anziehen, bevor er ihn zur Tür rausgeschoben hat. Ich weiß nicht, was in dieser Nacht passiert ist, aber ein paar Stunden später hat ihn ein Taxi wieder vor dem Haus rausgelassen. Er war so betrunken, dass ich ihn reinbringen musste, bevor er die ganze Nachbarschaft aufweckt. Seitdem verstehen sich die beiden prächtig und verweigern jede Stellungnahme zu dieser Nacht.

Ich bleibe noch kurz neben Alex stehen, ehe ich mich wieder zu meinen Freundinnen geselle. Ganz selbstverständlich, und inzwischen schon nebensächlich, verschränkt er unsere Finger miteinander. Für Außenstehende mag es keine große Geste sein, doch für mich bedeutet es alles. Weil ich nie dachte, dass ich diese Selbstverständlichkeit mit Alex haben dürfte. Doch manchmal belehren einen die

Personen eines Besseren, vor deren Meinung man die größte Angst hatte.

Ich weiß, dass das Leben nie perfekt sein wird. Auch wenn Steffen im Augenblick sein Leben im Griff zu haben scheint. Alex hat in der ganzen Situation das Wichtigste geschafft, nämlich, dass ich mein Leben nicht mehr von unbegründeten Schuldgefühlen bestimmen lasse, und dass ich das Recht habe, glücklich zu sein. Mit ihm.

- ENDE -

Nachwort. Oder so:

Dies ist keine Danksagung!
Es gibt nur zwei Personen, denen ich für die Zeit danken muss, die sie mir fürs Schreiben freischaufeln, und die beiden wissen hoffentlich, wie sehr ich sie zu schätzen weiß.
Ansonsten ist das alles mein Verdienst, denn es gibt keinen einsameren (und besseren) Beruf als diesen.

Achtung: Das macht nur Sinn für „meine" Stammleser. Der Rest muss sich die persönliche „Widmung" erst verdienen.

Hier sind wir also. Ihr und ich, die wir so viele Stunden miteinander verbracht haben (wenn auch nicht parallel zueinander). Die letzten 1,5 Jahre (der Zeitpunkt, als ihr euch in Sam verliebt habt) waren ein wilder Ritt.
Dieses Buch schließt nun den Kreis. Es wird keine weiteren Geschichten von Nina & Eric, Sam & Emma, Helena & Gabriel, etc. geben.
Ich bin traurig, denn mich haben diese Charaktere jetzt mehr als 2 Jahre lang begleitet und ich werde sie vermissen. Aber ich bin auch erleichtert, endlich frei für Neues zu sein.
Eure Begeisterung für meine Geschichten ist immer noch etwas Unglaubliches. (Für meinen ehemaligen Deutschlehrer vermutlich auch.) Oft habe ich keine Ahnung, wie ich angemessen auf eure zahlreichen Mails und Nachrichten reagieren soll, weil ich denke, dass ihr da gar nicht über mich reden könnt.
Ich hoffe inständig, dass dieser unwirkliche Weg noch nicht vorbei ist und ihr mir auch bei neuen Projekten die Treue haltet.

Über die Autorin:

Melanie Hinz wurde 1980 in Mönchengladbach geboren und lebt noch heute mit ihrer Familie dort. Bücher waren immer ihre Leidenschaft und sind in jeder Ecke ihrer Wohnung zu finden. Neben ihrer Bücherliebe hat die Autorin eine Leidenschaft zu Tattoos, welche sich immer in irgendeiner Form in ihren Geschichten wiederfinden.

Kontakt:
E-Mail: hinz.melanie@gmx.net
http://www.melanie-hinz.de/

1. Auflage Januar 2014

41189 Mönchengladbach
Coverfoto: Shutterstock
Gestaltung/Satz: Melanie Hinz
Lektorat: Melanie Reichert

Impressum:
Melanie Macherey
Hochstadenstraße 63
41189 Mönchengladbach
E-Mail: melanie.macherey@gmx.de
Mobil: 0176/99860960

3137217R00128

Printed in Germany
by Amazon Distribution
GmbH, Leipzig